KB013172

내가 바라는 좋은 일은

_____ 입니다.

좋은 일이 오려고
그러나 보다

박여름 에세이

프롤로그

살다 보면 예상할 수 없는 사건을 많이 마주합니다. 민첩하게 헤쳐 나갈 능력이 있다면 좋겠지만 대부분 어려운 일들이었습니다. 그런 날마다 약해지는 제가 싫었지만 지금은 아니에요. 어느 정도 저만의 극복법을 찾았거든요.

지나고 나면 보이는 것들이 있습니다. 이유가 있는 일이었다거나, 그 사람이 옳았다거나, 이별이 정답이었다거나, 미련 탓에 놓아주지 못하던 꿈까지. 물론 깨닫는 데 걸리는 시간은 길고 그 과정도 쉽지 않죠.

하지만 포기하지 않고 방법을 찾다 보면 그 아픔은 분명

거름이 돼요. 이렇게 행복하려고 힘들었구나, 하는 순간이 분명히 옵니다.

　가슴 아플 만큼 사랑하시고 절절한 이별도 해 보세요. 일이든, 사람이든.

　그 경험을 발판으로 더 아름다운 세상으로 나아가시기를 바랍니다. 복잡한 인생에서 느리고 좋은 것들을 잘 가리고 골라보기도 하면서 여러분만의 근사한 삶을 구성하시길 바랍니다. 아무런 후회도 남지 않을 만큼 사랑을 듬뿍 주고받으시길 바랍니다. 무엇보다 표현을 제때 많이 하셨으면 좋겠습니다.

　이 책을 읽게 될 많은 분의 인생을 진심으로 존경하고 사랑합니다.
　언제나 당신을 응원하겠습니다.

　더 좋은 사람이 되고 싶은
　여름 드림

# 차례

## 1장

## 열두 시 ——— 땡

# 믿는다는 ── 것

3장

흔들리지 ——— 마

# 우리 모두 ＿＿＿ 좋은 날

# 1장

## 열두 시 땡

3, 2, 1

양쪽 주먹을 꽉 쥐어 봐요

다른 건 아니고
힘을 내자는 의미인데요

준비는 끝났으니
이제 잘 달리면 되겠습니다

## 사랑은 가까이에

여러 곳에서 소리가 나면 꼭 먼 곳의 소리를 놓치면 안 된다는 강박이 생깁니다. 그래서 먼 곳에 귀를 먼저 기울이게 돼요. '듣고 있어. 조금만 더 크게 얘기해 봐.' 하고요. 늘 하는 실수입니다. 희미한 소리 놓치지 않겠다고, 바로 옆에서 나는 목소리를 못 들은 적이 많습니다.

그래서 상처는 가까운 사람에게 받나 봅니다. '내 얘기도 들어줘.', '내 사랑도 알아주세요.' 하는 마음에 소리치지만, 그 사람 자꾸만 먼 곳 보는 것 같아서 '나 여기 있어.' 하며 서러워지나 봅니다.

여름의 절정이네요.

가까이에 있는 것들을

잘 듣고 잘 보고 사랑해야겠습니다.

나 아파요

'나 아파요.'라고 말할 수 있는 사람들이 사실은 더 강한 쪽이지 않을까? 내 실수나 실패를 인정하고 드러내는 일은 쉬운 게 아니니까. 아무나 할 수 있는 일이 아니니까.

자잘한 아픔 정도는 혼자 이겨내다가, 너무 크게 다쳤을 땐 늘 이렇게 하고 싶다. 아파요. 나 지금 힘들어요. 위로해 줘요. 단 너무 길게는 말고. 간단하게. 극복은 나 혼자 하고 싶으니까.

그러니 나를 아는 누군가가 이런 얘기를 들었다면요, 그냥 나름의 따뜻한 한마디 말로 내 등을 조금 밀어줘요. 그거면 돼요.

## 만약에 게임

"넌 누가 헤어지자고 하면 잡을 거야?"

"아니? 왜 잡아. 아무리 좋아해도 참을 거야. 그런 말을
듣고 왜 잡냐? 세상에 남자가 얼마나 많은데."

나는 여중 여고를 나왔다. 남학생이 없는 환경이기도 했
고 그 나이대 학생들의 관심사 중 가장 큰 건 무조건 이성
이었기에 우리의 대화는 늘 그런 식이었다. 어른이 되면
어떤 사람을 만나고 싶은지. 남자친구가 생긴다면 가장 하
고 싶은 일은 무엇인지. 남자친구가 바람을 피우면 어떻게
대처할지와 같은 말도 안 되는 생각까지. 여전히 터무니없

는 주제로 만약에 게임을 하는 습관은 아마도 이때 만들어
졌겠다.

　결론부터 말하자면 우리 둘은 저 말 못 지켰다. 사랑은
판단력을 흐리게 하니까. 그 애도 나도 사랑했던 사람이
떠날 때마다 잡았다. 사랑받지 못할 때마다 서로에게 전화
를 걸었다. 바로 돌아서기는 무슨. 어떻게 해야 다시 돌아
갈 수 있을지에 대한 얘기, 가장 효과적으로 그 사람을 잡
을 방법에 대한 얘기나 했다. 그러다 정말 혼자가 된 날엔
같이 울었고 사랑 참 생각대로 되는 일 아니라며 헛웃음
쳤다. 진정되고 나면 괜히 서로를 보며 멋쩍은 듯 웃었고
너무 오래 쳐다본 탓에 슬퍼졌다며 또 엉엉 울었다. 그렇
게 각자 몇 번의 연애를 지켜봐 왔다.

　상상만 해도 싫던 것들을 사랑해서 용서했다. 만나던 사
람이 좋다는 이유로 연고도 없는 타지살이를 결심했지만
그게 살면서 가장 외로운 기억이 되었을 때, 후회한다며
애쓰는 그를 용서했다. 나에게 잘 보이고 싶은 마음에 불
필요한 거짓말을 너무 많이 한 어떤 사람이 미워졌을 때도

정말 나쁜 의도의 속임수는 없었기에 용서했다. 그저 친구라 말하며 시간을 보내던 사람이 사실 그의 전 여자친구라는 걸 알았을 때, 무너질 듯 울며 잡는 모습에 마음이 약해져 용서했었다.

친구와 내가 잘못한 일이 아니다. 우리는 사랑해서 그랬으니까. 그 일이 눈앞에 벌어졌을 때, 사랑만으로는 지키기 힘든 관계가 되었음을 알았지만, 알면서도 용서한 건 사랑이 시작됐기 때문이다. 그래도 시작됐으니 끝까지 사랑해 보고 싶어서. 당신이 그걸 저버렸으니 결말을 내가 알지만. 내 마음이 다할 때까지 용서하고 싶어서. 이별을 유예하는 것뿐이다.

헤어지자는 얘기를 했을 때 그들은 모두 기회를 달라 말했고, 나는 돌아갔다. 하지만 사랑을 몇 번 해봤다면 모를 사람은 없지. 이미 한 번 문제가 생긴 관계는 구멍 난 풍선에 바람을 부는 꼴이라 언젠간 지쳐 다시 끝이 나게 되어 있다. 그래서 미웠다. 나는 그 풍선을 세상에서 가장 크고 예쁘게 불고 싶었는데.

나는 앞으로도 자주 눈을 감을 것 같다. 정말 싫지만 한 번에 돌아서는 건 못하겠다. 사랑해서 용서도 해 봤으니 분명 필요한 경험을 한 거겠지. 싫어하던 것도 인내하게 만드는 것이 사랑이기 때문이지 내가 틀린 게 절대 아니다. 어쩌면 나의 용서는 사랑이라는 경기에서의 마지막 전력 질주이겠다.

하지만 바라건대. 사랑해서 용서할 일 다시는 없으면 좋겠다. 그 사람이 나를 용서하고 견뎌야 하는 일도 만들고 싶지 않다. 위기를 극복하는 연애도 물론 멋있지만, 애써서 이겨낼 위기 따윈 내 사랑에 없으면 좋겠다. 사랑으로 내가 가진 고집을 다 버릴 수 있지만 그게 이런 건 아니기를.

나와 닮은 사람을 만나 순수한 사랑만으로도 잘 굴러가는 눈앞의 풍경을 보며 대화 나누고 싶다.

## 날 위한 선택

누가 알아주지 않더라도 내가 가진 일에 내가 최선이었다는 것은 혹시나 그일이 잘되지 않더라도 나를 더 사랑할 수 있는 기회가 된다. 적어도 내가 나의 노력을 알기 때문이다.

나에 대한 사랑은 어떤 일을 잘 헤쳐 나갈 용기를 준다. 묵묵히 해 온 노력이 쌓이면, 그리고 거기에 부끄러운 방법이 쓰이지 않았다면, 언젠가는 그것들이 나를 지켜줄 날도 올 거다.

남들 눈에 조금 피곤해 보이더라도 지금처럼 살고 싶다.

나를 사랑해서 하는 일이다.

나를 사랑해서 어길 수 없는 나와의 약속이다.

## 사랑이라는 이름으로

미안하다는 말이
미뤄지면 안 되는 이유는
사랑하는 사람이라서 그렇다

사랑하지 않는 사람에겐
사과를 기대하지 않는다
사랑한 사람이라 기다리는 거다
사랑하니 너무 늦지 않길 바라는 거다

그러니 그런 사람이 있다면
늦지 않게 용서를 구하시길

## 예측 가능한 사랑

"오빠는 여자 사람 친구 문제 터치하면 나 안 볼 것 같아... 그런 사람이거든."

아는 동생에게서 메시지가 왔다. 남자친구에게 꽤 사이가 끈끈한 동기 모임이 있는데, 이해해야 한다는 걸 알면서도 질투가 나서 힘들다는 거다. 그런데 남자친구는 워낙 본인의 기준과 의사가 확고한 사람이라 쉽게 얘길 못 꺼내겠다고. 게다가 그 언니들, 대학 생활 내내 붙어 다닌 친구들이라 이래라저래라하기 눈치 보인다고.

"그래도 잘 얘기해 봐. 그동안 얘기 들어보니 네 입장에서 생각해 줄 사람인 것 같은데."

불안해하는 동생을 달래야 하니 그렇게 말하긴 했지만, 사실 나도 확신은 없었다. 이별을 선택할 가능성도 있겠다 싶을 만큼 그분은 원래 개인의 영역에 대한 침범을 안 좋아하는 것 같았으니까. 외부 일정이 끝나자마자 핸드폰을 확인하니 기분 좋은 연락이 와 있었다.

"언니! 오빠가 알겠대. 그 모임 이제 안 가도 된대. 신경 쓰이게 해서 미안하대. 정말 마음 졸였는데..."

우리가 혹시나 헤어지게 되지 않을까 걱정하면서도 그 남자친구를 믿을 수밖에 없었던 건, 얼마 전 둘 사이에서 벌어진 다툼 때문이었다. 술을 마시고 집에 오는 길에 말싸움이 시작됐는데, 집 안에 들어올 때까지 안 풀린 거다. 화가 나서 방 가운데 서 있는데 남자친구는 취한 와중에도 옷을 다 갈아입고 짐을 정리하고, 그 모습에 동생은 기가 찼다고 했다.

겨울 외투도 벗지 않은 채로 화를 내고 있는데 남자친구가 다가오더란다. 얘기를 들어주며 묵묵히 겉옷을 벗겨줬다고. 벗긴 외투는 바로 옷걸이에 걸어 정리해 주더라고. 이상한 기분이었다고 했다.

이번 여자 사람 친구에 대한 문제에도 '네 얘기를 잘 들어줄 것 같아.'라고 대답할 수 있던 건, 그렇게 단편적인 모습들만 전해 들었더라도 그 사람이 다정한 사람이라는 것쯤은 알 수 있어서였다.

동생의 불안은 사라졌다. 본인을 만나기 전 그의 모습에 걱정이 돼서 자꾸만 벌어지지도 않은 일들이 두렵고 속상하기만 했는데, 이제 그럴 필요 없어졌다고 말한다. 막상 그런 상황이 올 때마다 오빠는 언제나 자기가 먼저였다고. 이제는 내가 오빠에게 얼마나 커다란 존재인지 알 것 같다고.

정말 좋은 사람은 그런 사람이 아닐까? 내 앞에서만큼은 모든 기준이 예외가 되는 사람. 그런 사람을 사랑하는 동안에는 불안할 일도 없을 것 같고 내가 무언가가 싫다고 말하면 무작정 헤어지자는 말도 안 할 것 같고 날 두고 달아나지도 않을 것 같다.

예측 가능한 사람이 좋다.

싫어하는 일은 애초에 피해 가는 사람. 그러다 어쩔 수 없이 서운한 일 생기면 날 안아주는 사람. 화가 난다고 손 놓지 않는 사람. 내가 먼저 손 내밀면 자존심 세우지 않고 언제든 그 따뜻한 품에 날 넣어주는 사람. '사랑해!'라고 말하면 '넌 모르지? 내 사랑이 훨씬 큰데. 내가 더 더 더 사랑해.'라고 사랑을 배로 돌려주는 사람. 그리고 그 뻔한 사랑 표현에도 거만해지지 않는 내가 되고 싶다. 오래오래 좋아하는 사람을 좋아하고 싶으니까.

## 잊힌 것들

한두 살 더 나이를 먹었다고 요즘은 지나간 시절이 자주 떠오른다. 예전에는 과거에 아쉬움이 많은 사람만 그런 줄 알았는데. 이래서 겪기 전에 다 안다는 듯 말하는 건 위험하다. 밤에 자려고 누우면, 한동안 잊고 살던 사람들의 얼굴이 지나간다. 그리운 걸까? 사실은 보고 싶으면서 외면하는 걸까? 나도 모르게 버리지 못하고 꼭꼭 숨겨둔 걸까? 혹시나 내가 좋은 어른이 되었을 때, 그때 다시 올라오라고, 손에 힘을 약간 빼고 눌러 담은 기억인 걸까?

그중 몇 명은 사무칠 정도로 그립다. 너무나 미안해서거나 고마워서겠다.

시간이 많이 지났으니 연락해도 될까. 그때 좋았다고 행복했다고.

왜 어른들이 술만 마시면 자꾸만 아주 옛날에 멀어진 사람과의 일 얘기를 하는지 이제 알 것 같다.

잘 살자

내 주변에는 좋은 사람만 두고 싶다
내가 속한 환경은 곧 나이기도 하니까

그래서 나도 자꾸만 좋은 사람이 되려 하나 보다
그런 존재가 되어 주고 싶나 보다

정말 잘 살고 싶다
오래오래
좋은 사람들과

## 운명 교차로

서울 내 집은 역과 아주 가깝고 이 구역의 랜드마크 건너편이라 늘 차와 사람으로 붐빈다. 그곳을 계약하게 된 결정적인 이유도 '와, 여기 살면 치열하게 살 수 있겠는데' 라는 생각이 가장 먼저 들어서였다.

그러나 그 북적거림은 종종 나를 쓸쓸하게 한다.

울적한 날에 집 앞을 걸으면 더 그랬다. 분명 어제 이 거리를 걸을 땐 행복했는데. 내일의 내 모습이 기대됐는데. 막상 오늘이 되고 보니 나만 빼고 행복해 보이는 것 같은 것이다. 지나고 보면 또 별일 아니겠지만, 그럴 때마다 꽤 힘들다. 오늘 나를 스쳐 간 사람들은 어떤 하루를 보냈을까. 분명 나 같은 사람도 있을 거야. 나보다 괴로운 일이 생긴 사람도 있겠지. 그러고 보면 사는 거 참 신기하다. 이렇게 많은 사람이 한 곳을 지나가고 있는데 전부 다르다니. 누군가는 합격 소식을 듣고 집에 가는 길이고 누군가는 사랑하는 중이고 또 누군가는 이별하는 중이라니. 누군가는 가까운 사람의 죽음을 맞았을 수 있고 누군가는 곧 그럴 수도 있다니. 너무나 후회되는 어떤 말을 곱씹고 있을 것이라니.

같은 시각 같은 거리에 있어도 그곳의 모두가 같은 행복을 느낄 수는 없다는 거. 나는 그게 가끔 슬프다.

## 첫차

한때는 좋아하는 마음 하나만 있으면 뭐든 할 수 있을 거라 생각했다. 연습만 하면 받아쓰기 백 점은 쉬웠고 꾸준히 좋아하던 누군가에게 받는 답장 하나에도 세상을 다 가진 기분이 들었으니까. 그런데 어른이 되어 보니 아니더라. 어떤 일에서 1등을 하는 건 시간을 쏟는다고 해서 무조건 되는 일이 아니었고 때로는 가장 좋아하는 사람이 날 가장 많이 울리기도 했으니까.

기다리면 될까. 기다리면 올까. 하염없이 목 내밀어 봐도 버스가 오지 않아 물어보니 막차는 떠났단다. 하지만 내 잘못 아니다. 다만 오늘 운행하는 차가 끊겼을 뿐이니까. 까만 밤 잘 보내고 나면 또다시 오겠지. 그때 졸지 않고 잘 나아갈 준비를 하면 되겠지. 사는 게 참 쉽지 않지만, 그래도 그렇게 좋은 날 좋은 기회는 또 올 거다.

## 그 어떤 말보다

　지하철 플랫폼에서 소란을 피우는 아저씨의 영상이 추천 게시글에 떴다. 경찰관 두 명이 옆에 붙어 아저씨를 말렸고 다른 사람들은 촬영하느라 바빴다. 무슨 상황인지 전혀 알 수 없었다.

　잠시 후 한 남성이 나타나더니 아저씨의 양어깨를 잡았다. 그의 행동을 제지하려고 하는 건가 싶었는데, 갑자기 그를 가만히 안는 거다. 경찰관은 손을 뗐고, 그분은 아저씨의 등을 토닥여 준다. 몸짓이 차분해지더니 가만히 안기는 아저씨. 플랫폼의 분위기가 숙연해진다.

　워낙 다양한 사람들이 살아가니, 이런 영상을 보고도 무슨 민폐냐는 댓글이 달릴 거라 예상했다. 그러나 그 아저씨를 욕하는 사람은 한 명도 없었다. 예상 밖의 광경이었다.

사람들도 안 거다. 아저씨의 한탄에는 욕이 섞인 것도 아니었고 언성을 높이면서도 존대를 잃지 않으셨으니까. 그날의 상황은 아저씨를 잘 모르는 우리가 봐도 이런 모습이 저 사람 인생에서 아주 드물 것 같다는 느낌이 강하게 들었으니까.

"나 도와주세요. 나 좀 위로해 주세요."라고 말하는 것 같았달까.

똑똑하고 현명한 사람이 참 많아진 세상이다. 그 덕에 로봇이 커피를 만들어 건네고 종업원 대신 기계가 다가와 파스타를 서빙한다. 내가 사는 동네에는 로봇이 닭을 맛있게 튀기는 치킨집도 있고, 사진 몇 장을 첨부한 후 한 시간 기다리면 AI로 만든 나의 예쁜 프로필 사진이 나오는 앱도 유행이다.

그래서 그런 마음이 더 귀하게 느껴졌다. 따뜻함을 잃지 않고 살아가는 사람. 나를 위해 살기에도 부족한 시간을 남에게 쓰는 것이니까. 생각으론 쉽지만 정말 그 사람에게 다가가 포옹하는 일은 실제로 절대 쉬운 일이 아니다.

사람이 많은 곳에서 힘들다며 소리를 지르며 우는 일, 나에게는 아마 당분간 없을 사건이라 생각하겠지만 그런 건 아무도 모른다. 누구에게나 한 번은 자신도 모르던 모습을 보일 만큼 울분 터지는 날이 올 수 있다. 아무리 화내는 게 서툰 사람이라도. 사는 게 버거우니 도와달라고. 어디 말할 데가 없어 이런다고.

그런 사람의 실수라면 한 번은 뜨겁게 안아주고 싶다. 한 번의 포옹이 최고의 처방일 때가 있다. 긴말 필요 없이 '응원해요.' 네 글자 듣는 것만으로 힘들었던 모든 날을 위로받는 기분이 드는 날도 온다. 그런 것만으로 다시 살아갈 의지를 얻는 사람이라면 얼마나 큰 아픔이 있는 걸까 싶어 슬프기도 하다.

아저씨는 집으로 잘 돌아가셨을까? 그때 아저씨를 울게

한 그 일은 잘 해결됐을까. 그날 따뜻한 포옹을 건넨 남성분은 여전히 따뜻하실까. 오늘을 행복하게 보내셨을까. 그 장면을 지켜본 사람 중 누군가는 그 기억에 좋은 영향을 받지 않았을까. 이제는 주저하지 않고 달려가 껴안아 줄 용기가 생기진 않았을까.

모두 잘 지냈음 좋겠다.

## 일주일만 아프자

생각해보면 아파본 적 없던 때보다 아픔을 잘 극복하는 방법을 찾은 후로 단단해졌다. 이때 정해둔 나만의 규칙이 있다면, '일주일만 아프자'였다. 그 기간에는 온 마음을 다해 아프고 온 힘을 다해 운다. 억지로 잊기 위해 무언가를 하지도 않고 괜히 괜찮은 척 이런저런 것들을 연기해서 티 내는 일도 없게 하는 거다. 사랑했던 꿈, 간절했던 사람과의 이별 같은 것 앞에서 하는 나만의 애도이다. 하지만 그게 지나면 스스로 일어나야 한다. 강해져야 한다. 내 인연이 아니어서 이루어지지 않았을 것에 발목 잡힐 시간에 새로 올 꿈과 사람을 위해 준비해야 한다. 떠난 것들에 일주일 넘는 시간은 쓰지 않았으면 좋겠다. 그 시간 마음껏

아프고 강해졌으면 좋겠다. 이 방법이 당신에게도 도움이
될까. 이겨낼 수 있을까. 그렇게까지 아플 일은 없으면 좋
겠지만.

## 혼자서 잘 안될 때

내가 산책을 얼마나 좋아하냐면, 약속 장소까지 한 시간 반 안쪽으로 도착할 수만 있다면 걸어갈 때가 많아. 그냥 집에 혼자 있다가도 이어폰을 끼고 밖으로 나가서 무작정 걸어. 목적 없이 두세 시간 헤매다 들어오는데, 그 시간 동안 노래는 꼭 한 곡만 무한 반복해 듣는 고집이 있다? 좋아 하는 곡 듣다 보면 시간 금방 가잖아.

학교 다닐 때 천안에서 아산까지는 다섯 시간을 걸어야 했는데 난 자주 그사이를 걸어 다녔어. 단, 그 정도의 거리 는 혼자 걷기 버거워서 늘 좋아하는 사람들과 함께했지. 몸은 거짓말을 못 하니 물집이 생기기도 하고 발목이 아파

며칠 못 걸은 적도 있지만, 정말 좋았어. 지금도 종종 떠오를 만큼.

소중한 사람들과 몇 번 그 길을 다녀보니 언젠가부터 혼자서도 잘 걷던 내가 그게 안 되더라. 어느 날엔 누굴 잊어보겠다고 그 길을 무작정 걷기 시작하다 결국 중간에 택시를 잡아 집에 오기도 했어. 걷는 게 더 이상 재밌지 않았어. 그 후로 난 그 길을 혼자 걸은 적 없이 학교를 졸업했어.

가끔 나는 무섭다. 누가 없어도 잘만 하던 것들이 더 이상 재밌지 않을 때. 난 원래 혼자서도 잘하는 사람이었는데. 다섯 시간은 거뜬히 걷는 사람이었는데.

이런 외로움 두렵다. 혼자서도 갈 수 있는 예쁜 동네가 데이트 아니면 가기 싫어지는 게 무섭다. 옷을 쇼핑하러 가는 것도, 커피 한잔하는 것도 이제는 더 이상 혼자 하기 싫어지는 게 무섭다.

다시 혼자 잘 살아낼 수 있을까.

고민

오랜만에 친구를 만났다.

"남자친구랑 잘 만나던데?"

라는 나의 말에 돌아오는 대답은, '사실….'이었다. 보이는 모습 뒤에 어떤 아픔이 있었나 보다. 어떤 고민과 위기가 있긴 있었나 보다 생각했다.

마주 보며 사랑하던 사람들이 속으론 아쉬움과 불만을 느끼고 있었다는 게 슬프다. 사랑을 멈출 용기가 없어서 상처를 견디고 있다는 게 슬프다.

'사실 이런 일이 있긴 해.'라는 말없이도 잘 설명할 수 있는 관계 속에서만 살아가고 싶다. 나 역시 그렇다. 어디 가서 사랑하는 사람 자랑하기만 바쁠 정도로 마음에 걸리는 일 없이 사랑하고 싶다.

## 이상형

비깥에선 과묵한네 내 앞에선 말 많은 사람

호흡이 긴 대화를 할 줄 아는 사람

터무니없는 걸 물어도 대답 잘해주는 사람

감정 표현이 어색하지 않은 사람

부모님께 예의 바른 사람

나를 딸처럼 아껴주는 사람

자기 전엔 늘 잘 자라고 말해주는 사람

꿈이 많은 사람

나를 자랑하는 사람

시간이 지나도 계속 그런 사람

# 되고 싶은 사람

1. 상처 주고 싶지 않은 사람

2. 웃는 게 예쁜 사람

3. 우는 모습 안쓰러운 사람

4. 속마음 털어놓고 싶은 사람

5. 자랑하고 싶은 사람

6. 돌아보니 가장 따뜻했던 사람

7. 사랑스러운 사람

8. 멀어져 아쉬운 사람

## 마음 처방

게실염이라는 병에 걸려 난생처음 병원에 며칠 입원한
적이 있다. 얼마나 있어야 하냐는 질문에 적어도 일주일
이라는 대답이 돌아왔다. 병원 생활은 쓸쓸했지만, 조금만
더 버티면 된다고 생각하며 스스로를 위로했다. 그렇게 겨
우 퇴원을 한 날 밤, 바보같이 아세톤 병을 떨어뜨려 발가
락이 골절됐다. 병원에서는 깁스를 2주는 해야 한다고 했
다. 5일 정도 하다가 다시 방문하라고. 다시 병원을 찾으
니 생각보다 빨리 낫고 있어서 3일만 더 있다가 깁스를 풀
자고 하셨다. 잔병치레 한번 없던 몸이 자꾸만 말썽을 피
우다니, 이상한 나날이었다.

하지만 내 생각엔 역시 몸이 아픈 것보다 마음이 아픈 게 더 가혹한 것 같다. 그건 얼마를 아파야 나을지 가늠할 수 없으니까. 똑똑한 의사 선생님도 모르시니까. 개개인의 삶에 어떤 시련이 오는지는 누구도 알 수 없고, 거기서 받는 상처의 크기 또한 다 다르기에 누가 감히 예상해서 조언할 수 없는 영역이기 때문이다.

일주일만 있으면 퇴원한다는 것을 알아도, 딱 삼일만 더 하면 깁스를 풀 수 있단 것을 알아도 그 시간은 지겹다. 하루만 더 빨리하면 안 되나? 하루만 더 빨리 풀고 모른 체할까. 생각해보기도 했다. 아픈 사람이라는 타이틀이 이상하게 싫어서. 그 며칠이 힘들었던 거다. 몸도 그런데 하물며 마음은 어떻겠나. 얼마를 아파야 나아질지 아무도 알지 못하는데. 게다가 내 행복을 중단시킬 만큼의 아픔은 대개 사랑하는 사람에게서 받은 상처일 텐데. 그 고통이 어떻게 쉽게 극복될 수 있을까.

중요한 건 내 역량이다. 어디가 얼마나 아픈지 파악하는 것도, 이런 마음에 어떤 약이 필요한지도 나만 알 수 있다.

울기만 한다고 달라지는 것은 없고 남 붙잡고 온종일 얘기해 봤자 누구도 나만큼 아파해줄 수 없다. 내 문제를 대신 해결해줄 수도 없다. 그러니 아프겠지만, 결국 혼자 이겨내야 하는 것이니 나만은 절대 무너지면 안 된다.

그러니까 늦지 않게 부지런히 나를 살펴야지.
어디가 어떻게 아픈지, 매일매일 질문해야지.

## 사는 게 좋은가 보다

일찍 눈을 떴습니다

음악을 들으며 아침 산책을 하고

씻고 개운한 몸으로 밥 차려 먹었네요

늦은 오후까지 글을 쓰다가

어제 보다 만 영화 마저 봤어요

오랜만에 친구와 통화도 했고요

저녁엔 옆 동네에 사는 언니를 만나

맥주 한잔했습니다

집에 돌아오는 길에 문득

잘 보낸 하루라는 생각이 들었습니다

주말엔 노들섬에 가 보고 싶습니다

하고 싶은 게 많은 것을 보니
요즘은 사는 게 재미있나 봅니다

## 내가 가진 것만

어릴 적 앨범을 보면, 노란 원피스를 입고 친구와 무대에서 춤을 추는 사진이 있다. 어린이집 학예회에서 피터팬 연극을 할 때 사진이다. 사진 속 나는 웃고 있지만, 속으로는 그다지 웃을 수 없었던 그 날을 나는 생생히 기억한다.

요정 의상 두 벌 중 한 벌은 꽝이었다. 하나는 가슴 중앙에 붙어있던 꽃이 떨어져 휑했다. 나와 친구는 꽃이 붙은 드레스를 입겠다고 매번 싸웠다. 부모님이 오시는 공연이기도 했고, 무조건 예쁜 게 좋을 나이였으니까. 연습 때는 몇 번 뺏기고 말았지만, 학예회 당일에는 결국 친구를 이기고 꽃이 달린 의상을 입는 데 성공했다.

유치원에 다닐 땐 아침마다 하는 율동이 있었다. '얼굴 찌푸리지 말아요'라는 곡에 맞춰 춤을 추는 시간, 키가 가장 큰 친구가 늘 내 옆에 섰는데 그 애의 팔과 다리가 너무 길어 자꾸만 내 영역을 침범하는 거다. 난 그게 너무 싫었다. 선생님에게 혼나고 싶지는 않아서 괜히 팔에 힘을 줘 밀치고, 밀침을 당하기도 했다. 그러다 결국 시로 팔을 크게 휘두르며 싸우고, 친구들이 말리고, 선생님이 중재하셨다. 티 내고 싶지 않았지만 결국 율동 시간마다 나는 그 애와 티가 나게 싸웠다.

어릴 때 부릴 욕심을 다 부려서일까? 지금 나는 자질구레한 것에는 큰 욕심이 없다. 이제 꽃이 달리지 않은 옷을 입고도 활짝 웃으며 율동할 수 있고 친구가 내 자리를 넘어와도 기분 좋게 율동을 할 수 있다. 참 별거 아닌 일에 욕심을 부렸구나 싶다.

어떤 옷을 입는지가 중요한 게 아니었다. 내가 쓸 수 있는 자리가 얼마나 넓은지도 아니었다. 어느 조건에서든 내가 잘하는 것, 화려한 옷이나 번지르르한 공간 없이도 빛나는 나를 만드는 것, 그냥 나 하나로 입는 옷이 예뻐 보이고 서 있는 곳이 멋져 보일 수 있게 사는 것. 이제는 그런 게 욕심난다. 내 인생을 너무 잘 챙겨서 친구의 공간이 부족할 때 내어줄 수 있는, 반짝반짝 빛나는 옷 따위는 그냥 잘 넘겨줄 수 있는 사람이 되어야겠다 마음먹는다.

욕심이 사라져간다는 건, 어쩌면 그만큼 잘살고 있다는 뜻 아닐까?

## 과잉 예보

　재작년 6월, 기상청은 장마를 예고했다. 농가에서는 예정보다 이른 시기에 작물을 수확해야 했다. 혹시나 하는 마음에 버티다 정말 비가 와 버리면 아무것도 얻어낼 수가 없기에 가치가 조금 떨어지더라도 일찍 수확하는 쪽이 그나마 조금이라도 이득이었기 때문이다. 상추 같은 작물은 며칠만 둬도 그 가치가 크게 달라지니까.

　예보와는 다르게 6월에 장마는 오지 않았다. 장마 소식에 수확을 앞당긴 농민들, 중요한 일정을 조율했을 기업들, 특별한 날을 미루거나 당겼을 사람들까지 큰 피해를 봤다. 그리고 그들은 이쯤 되면 기상청이 일부러 이러는 건가요, 입을 모아 말했다.

하지만 모르는 소리. 과잉 예보가 차라리 낫다. 비가 온다고 했다가 오지 않으면 경제적인 피해를 보는 데서 그치겠지만, 비가 오지 않는다고 했다가 퍼부어 버리면 인명 피해로 이어질 수도 있기 때문이다. 그러므로 웬만하면 비가 올까 안 올까를 모를 때는 비가 온다고 예보를 하는 게 낫다고.

그 느낌을 조금 알겠는 게, 여름을 마무리 짓는 비는 늘 내 생일이 있는 8월 말에 내렸다. 그러니 보통 나는 7월 말부터 날씨 앱을 들락거렸다. 성인이 된 후에는 딱 한 번 빼고 매년 생일 여행을 다녔으니까.

맑은 날 가고 싶은 여행지가 있었지만 늘 비 예보가 있어 포기했다. 비가 와도 예쁠 곳을 겨우 골라 찾아다녔다. 비가 오지 않아 아쉬운 날도 있었지만 어쩔 수 없는 결정이라는 것을 알았다. 안 올 거라 생각해 생에 한 번 갈까 말까 한 장소에 갈 약속을 잡았다면, 비가 내렸을 때의 아쉬움이 너무 컸을 테니까. 예상하지 못한 감정보단 미리 알고 있는 감정에 덜 아픈 법이니까.

　가만 보니 날씨는 인생 같다. 잘되지 않을까 걱정해 주저할 때 결과가 어떨지 미리 내다보고 알려줄 사람 있으면 좋겠다는 게 꼭 인생 같다. 예상하지 못한 타이밍에 맞은 이별에 힘들까 대비하고 싶어지는 인생 같다. 오늘 알게 된 사람이 좋은 사람인지 걱정할 일 없는지 미리 알려줬으면 좋겠는, 인생 같다.

　삶에도 때로는 과잉 예보가 필요하다. 어떤 상처는 아무리 마음의 준비를 해도 나를 바닥까지 끄집어 내리고는 하니까. 비는 1, 2분 내린다고 별로 달라질 게 없지만, 내 인생에서 마주한 슬픈 소식은 그 짧은 시간을 차이로 두어도 덜 바닥이거나 아주 바닥이거나 했으니까. 알아도 힘들겠지만, 그래도 미리 알면 조금은 나을 것 같으니까. 과하다 싶을 만큼 많은 것을 미리 알려줬으면 하는 욕심은 어쩔 수 없으니까.

누가 아픔이 올 때 미리 알려주면 어떨까? 새로운 일을 시작할 때, 누군가를 처음 알게 될 때, 그 길을 가면 내가 몹시 아플 거라는 사실을 알려주는 사람이 있다면 어떨까? 그렇게 삶에도 과잉 예보를 해 줄 사람이 있으면 얼마나 좋을까?

타이밍

하루를 통째로 들여 후회되는 일이 있다면
그리고 그게 어떤 이의 마음을 아프게 한 일이라면
늦지 않게 연락하는 것이 좋겠습니다
용서받지 못하더라도 마음을 전하는 편이 낫겠습니다

모든 순간을 후회로 장식할 정도로
사랑하는 사람 아닌가요

생각해서 골랐어요

살면서 받은 선물 중 가장 의미 있는 것 중 하나는, 바로 심지가 탈 때 타닥타닥 소리가 나는 캔들이다. 고등학교에 다닐 때 방송부 후배들이 돈을 모아서 해준 선물인데 함께 건네받은 편지엔 이런 내용이 적혀 있었다.

"언니. 몸이 안 좋으신 것 같아서 마음이 아파요. 어떤 선물을 드릴지 고민하다가 이걸 찾았는데요. 불을 붙이면 장작이 타는 소리가 난대요. 가만히 듣고 있으면 안정이 된대서 준비했어요. 아프지 마세요. 저희는 언니가 진짜 진짜 잘됐으면 좋겠어요. 언니는 잘하실 거예요."

그날 이후로 내 방에는 늘 그 캔들이 있었다. 다 닳으면 새로 사고 그것까지 다 닳으면 또 샀다. 너무 힘든 날엔 장작 타는 소리를 들으며 울었다. 타고 있지 않을 때도 좋았다. 그냥 내 머리맡에 있다는 것만으로도 위로가 됐다. 말이 될까 싶지만.

어른이 되면서 가끔은 비싼 목걸이, 지갑 같은 걸 선물로 받게 돼도, 또 돈과 맞바꿀 수 없는 어떤 선물을 받은 뒤에도, 그 나무 심지 캔들은 내가 받은 '좋은 선물 순위'에서 늘 위쪽에 있었다.

아주 만약에 그 캔들을 스스로 알게 되어 쓰기 시작했다면 지금 이만큼 의미 있는 물건이 될 수 있었을까? 이 선물이 나에게 소중한 건 정말 특별한 심지를 가진 초이기 때문인 것도 있지만, 그 애들이 정말 나를 사랑하는 마음에 그걸 골랐을 게 보여서다. 내가 울지 않으면 좋겠고 아프지 않으면 좋겠다는 소중한 마음이 전달되어서다.

그날 이후로 누군가 어떤 선물이 받고 싶은지를 물으면,

나를 잘 보고, 선물하고 싶은 걸 고민해 달라고 그거면 좋다고, 벌써부터 기쁘다고 대답하는 버릇이 생겼다. 그런 마음을 다시 우연히 건네받고 싶어서. 그런 선물을 준 사람이라면 평생 곁에 두고 싶을 것 같아서.

또 좋아하는 사람에겐 꼭 우드 심지 캔들을 선물하게 됐다. 그리고 이 이야기를 덧붙인다. 전에 이런 일이 있었는데 난 꼭 그게 사랑인 것 같았다고. 내가 사랑하는 사람의 선물을 고를 땐 꼭 이게 떠오른다고. 잘 자라는 말쯤 매일 해줄 수도 있지만 그건 가끔 부담스러울 수도 있으니 얘를 대신 보내주겠다고. 잘 자라고, 좋은 꿈 꾸라고, 사랑한다고. 그렇게 나무 심지로 마음을 표현하고 싶다.

## 꿈을 꾸는 일

"연주 소리 뭐지? 우리 저쪽으로 가 보자. 공연하나 봐."

여의도 한강공원에 돗자리를 펴고 커피를 마시다 버스
킹하는 사람을 발견했다. 노래나 춤, 기타, 색소폰, 드럼까
지는 보았지만 바이올린을 켜는 분은 처음 봐서 신기했다.
얼마 전 다녀온 제주에서 처음으로 해변 드럼 버스킹을 본
게 인상적이었는데. '다시 한번 보고 싶다. 악기만으로 충
분히 멋진 공연이 가능하다니.'라고 생각하던 참에 본 거
다. 타이밍도 좋다.

숨죽여 감상했다. 일몰 때만 볼 수 있는 배경, 적당한 바

람 덕에 철렁대는 물결이 바이올린 연주와 잘 어울렸다. 이제 스무 살이라는 맨 앞자리 친구들은 요즘 노래가 나오지 않는다며 귓속말 나눴지만, 나는 다 아는 노래였다. 심지어 가사를 보고 노래를 골라 듣는 나에게 최적화된 선곡이었다. 담백한 옛사랑 노래를 세 곡 연주한 후 그분은 천천히 객석을 둘러본다. 그리고 던지는 질문 하나.

"저 어때요?"

보통 그런 데 가면 가장 목소리가 큰 사람이 주도하는 대로 분위기가 바뀌는데 그날은 한 명도 그러지 않아서 조용했다. 대답하고 싶은데 용기가 없다는 눈빛으로 서로의 눈치를 흘끔흘끔 보는 사람들. 얼마 지나니, 한쪽에서 아주 작게 '멋져요.' 하는 소리 들린다. 연주자분은 씩 한번 웃더니 말을 이어간다.

"감사합니다. 그런데 있잖아요. 우리 모두 멋져요. 저는 이 자리에 서 있을 때 빛나는 사람인 거죠. 여러분은 또 각자의 자리에서 더 빛나고 계실 거잖아요. 그 자리에선 저

보다 여러분이 빛날걸요. 사는 동안, 그 사실을 절대 잊지 않으시면 좋겠어요."

저 일을 사랑하는 사람이구나.

사람은 좋아하는 일을 할 때 가장 빛난다. 꾸며내지 않은 것일 때 더 그렇다. 부르고, 연주하고, 쓰는 사람이 진정으로 그 일을 사랑한다면 보고 듣는 이의 눈에도 그 마음이 보인다. 진심은 통하기에 단번에 알아차릴 수 있다.

악기를 잘 다루는 사람, 노래를 잘하는 사람, 그림을 잘 그리는 사람, 운동을 잘하는 사람, 글을 잘 쓰는 사람이 세상에 널렸다. 모든 분야의 평가 기준을 알지 못하는 내가 생각하기에 정말 멋진 예체능인은 '나로서 타인을 감동하게 하는 능력을 갖춘 사람'이다.

듣는 노래만 듣고 좋아하는 작가의 작품만 읽고 나와 비슷한 사람들이 그리는 그림만 골라 감상하는 게 고집으로 굳어진 것도 이런 이유가 크겠다. 내가 좋아하는 예술을 하는 사람들은 정말 그러니까.

꿈을 가진 사람들이 하는 말은 꼭 명언 같다. 그런 사람에게서 나온 말에는 왠지 커다란 힘이 있을 것 같다. 장르 불문하고, 한 가지 분야를 통달해 남을 위로하고 감동케 한다는 것은 대단한 능력이다. 해본 사람의 아는 체에는 믿음이 간다.

마지막 곡은 〈당신은 사랑받기 위해 태어난 사람〉이었다. 초등학생 이후로 들은 적 없던 노래가 나오니 왠지 뭉클했다. 떨리는 목소리로 노래를 부르시니 사람들은 손을 들고 좌우로 호응한다. 천천히. 천천히. 그러다 마지막엔 모두 노래를 따라 부른다. 꼭 '아, 맞아 나 사랑받기 위해 태어났지. 그렇지.' 하며 얘기 주고받는 것 같았다.

그 순간만큼은 핸드폰을 하던 친구의 손도 멈췄다. 관심 없다더니, 너도 좋구나.

버스킹을 적게 본 편은 아닌데, 나는 악기 연주 버스킹에 사람들이 그렇게 많이 모인 것은 처음 봤다.
그날 우리가 본 건 한 사람의 진심이었나 보다.

## 우산 두고 나와

약속이 있는 날에 내리는 비는 싫지만, 집에만 있을 땐 좋아. 또 한편으론 비 맞아도 상관없는 날을 좋아하기도 해. 애매하게 맞는 건 끔찍하지만 우산 없이 내리는 비 실 컷 맞으며 뛰는 건 좋아서. 난 무슨 일이든 1이면 1이고 100이면 100인 것을 좋아해서.

잠들기 전 하는 샤워에 어느 정도 정리되는 고민이 있 어. 머리부터 발끝까지 잠겼다 나오면 개운해서 그런가. 그럴 리는 없겠지만, 떨어지는 물줄기가 아픔을 씻어줘서 그런가. 비가 오는 날도 그랬어. 예전에 너무 힘들어서 집 가다가 우산을 놓친 적이 있는데, 이미 한번 젖으니까 다시 쓰기도 싫은 거야. 그냥 걸었지. 울면서. 그렇게 목 놓아 울며 집에 오니 조금 나아지더라. 그 기억이 참 좋았어.

살다가 아픔이 올 것 같다는 느낌이 오잖아? 그럼 난 또 우산 안 들고 집을 나설 거야. 흠뻑 맞는 편이 나을 것 같아서. 몸이 벌벌 떨릴 정도로 비 맞고 차라리 감기에 걸릴래. 그렇게 아팠는데 돌아가면 바보지. 후회하거나 돌아가고 싶어지지 않길 바라는 마음에서. 그냥 비 맞을래. 그치면 또 씩씩하게 나아갈래.

머지않아 비가 쏟아지면 좋겠다.

## 열두 시 땡

소중한 사람이 생기면 그 사람의 오전 열두 시가 나에게 중요해진다. 특별한 날의 첫 순간을 함께 하고 싶어서다. 설레는 마음으로 하루를 보내고, 열두 시가 되면 함께 초를 불며 소원을 빈다. 그때 비는 건 꼭 둘만을 위한 소원이어야 한다. 그리고 별다른 사정이 없는 이상 그날 밤의 11시 59분까지 함께한다. 오늘 하루를 다 주고 싶다는 마음 때문이다.

나를 사랑했던 사람들은 그런 나를 잘 알아서 늘 열두 시를 챙겨줬다. 대부분 중요한 날의 한참 전부터 시간을 비워 두었고, 출간이나 합격 같은 갑작스러운 소식에도 내가 먼저라며 일정을 조정했다. 심지어 나와 함께 살던 사람은, 깜짝 이벤트가 어려운 상황임에도 불구하고 내가 잠시 집을 비운 사이마다 무언가를 준비해 잊지 못할 순간을 선물했다. 덕분에 생일, 크고 작은 기념일, 책이 나오는 순간, 글쓰기 수업을 오픈한 날, 첫 전시회를 시작한 날, 글 계정의 구독자 수가 만 단위를 찍던 날마다 나는 누군가의 사랑을 종일 받았다.

내 인생의 59분에 있어 준 사람들이 스쳐 지나간다. 어떤 사람의 미운 장면이 훨씬 많아도, '축하해.'를 내뱉던 표정만큼은 여전히 선명하다. 열두 시가 아니었다면 아무것도 기억나지 않았을 것들. 이제는 멀어졌지만 내 열두 시를 사랑해 줘서 고맙다.

11시 59분에만 느낄 수 있는 긴장감이 좋다. 약속이라도 한 듯 눈을 마주 보며 60초를 세는 설렘의 시간. 서로의 특별한 날, 기쁜 날을 온전히 함께하고 싶다는 마음을 눈빛으로 주고받는 시간. 힘든 일에도 가장 가까이 있어 주는 그 사람이 내 좋은 날에도 가장 먼저 눈앞에 보인다는 것,

그걸 사랑이라는 말 말고 어떻게 표현할 수 있을까?

앞으로도 나에게 아주 중요한 날 열두 시를 함께해 주는 사람을 사랑하고 싶다. 나도 그 사람의 좋은 날 시작과 끝을 늘 함께하고 싶다. 열두 시의 의미를 이해하는 사람과 사랑에 빠지고 싶다.

57초, 58초, 59초, 열두 시 땡, 축하해.
그건 꼭 사랑을 기다리는 시간 같다.

## 과묵한 사람

"이 자리 왜 이렇게 조용해? 너무 어색하다."

여럿이 모인 술자리에서 이런 얘기를 들은 적이 적지 않다. 말하는 사람은 매번 다르지만, 들을 때마다 불편한 것은 마찬가지다. 그런 말이 나오는 시점부터 집에 가고 싶다고 생각한다. 그 멘트의 대상이 본인이라는 것을 아는 조용한 친구는 더 눈치를 본다. 그러면 늘 내가 대신 짜증이 나서 한 소리 하곤 한다. 항상 요란하고 짜릿해야 해? 이런 사람도 있고 저런 사람도 있는 거지.

지인의 지인을 소개받게 될 때가 있다. 그냥 처음 본 사

이도 어려운데 나보다 더 오래 그 사람을 보았을 누군가가
껴 있다면 넉살 좋게 다가가긴 더 힘들다. 아무래도 서로
를 더 잘 아는 중간자가 껴 있으니 친해지기 쉽다고 생각
할 수 있지만, 실제로 그 상황에서 둘이 가까워지기엔 시
간이 더 걸린다. 한 번은 주선자로부터 '너희 왜 이렇게 어
색해? 내가 다 민망하다. 빨리 친해져 빨리.'라는 말을 듣
고 기분이 나빠질 대로 나빠진 적도 있다. 사람들은 왜 정
적이 싫을까? 왜 말 사이의 공백을 지루함이라고 함부로
판단할까? 정적 또한 알아가는 시간인데.

되도록 많은 이가 정적을 즐길 줄 알게 된다면 좋겠다.
어색하단 생각보다, 저 사람 어떤 생각을 하고 있구나, 생
각할 줄 아는 사람이구나, 라는 생각이 자연스레 피어올랐
으면 좋겠다. 그리고 내 앞에 있는 사람은 실컷 이야기하
다 정적이 왔을 때 이리저리 눈을 피하지 않는 사람이면
좋겠다. 정적이 꽤 오래 이어지더라도 그사이에 눈을 떼지
않았으면 좋겠다. 그런 사람과 그 시간을 음미하며, 눈으
로만 얘기를 주고받고 싶다.

아쉬움

시간 정말 빠르다
미안하다는 말도
사랑한다는 말도
제대로 못 했는데

2장

믿는다는 것

## 짝사랑

생각해보면 나는 항상 누가 좋아지면 그 사람이 걱정됐고 열심히 준비한 일일수록 잘되지 않으면 어쩌나 두려운 마음이 컸다. 두 상황의 공통점이 있다면 내가 정말 그 사람 또는 그 일을 사랑했다는 거다. 무언가를 사랑하게 되면 간절해진다. 그래서 자꾸만 기대하게 된다. 그러니까 가끔 마음이 불안해질 땐 이렇게 생각하자. 사랑해서 그래. 잘되면 좋지만 그렇지 않아도 좋은 경험이 될 거야. 사랑하는 일을 사랑해 봤잖아.

## 오래 가자

요즘 사람들은 조금 이상하다. 안 맞으면 그냥 포기해 버린다. 그러고는 정말 많이 참았는데 더는 안 되겠으니 떠난 거라며 온갖 쿨한 척을 한다. 은근한 신호를 줬는데 네가 눈치채지 못하는 거라는 이유를 대면서 책임을 전가하고 자신의 죄책감을 씻어 내기도 한다.

손절이라는 단어가 유행했을 때 정말 싫었다. '나는 손절을 잘해', '아 그냥 손절해' 하며 쉽게 쉽게 관계를 끊어내는 일이 쏟아졌다. 게다가 '조용히 손절'이라며 아무 언질을 주지 않고 끊어내는 것도 붐이었다.

어느 순간부터는 단어 자체보다 손절이라는 '행위'가 유행하는 것 같았다. 관계에 대한 태도가 가벼워 보여서 싫었다.

맺고 끊음은 개인의 자유라지만, 한때 시간과 감정을 나눈 사람과의 갈등인데 무책임하지 않나 싶다. 어떠한 노력도 하지 않고 떠나는 쪽은 좀 못된 게 아닐까. 결국 자신의 에너지를 쓰기 싫어서 비겁한 선택을 하는 거니까.

'손절' 혹은 '나부터 사랑하자'를 잘못 적용하는 사례가 불편하다. 똑똑하게 이해하면 좋을 텐데.

문제 해결이 필요한 상황마다 도망치면 그건 손절보다는 비겁과 회피라는 단어가 어울린다. 나를 사랑해야 한다는 이유로 힘들어질 때마다 짐을 싸 떠나 버리는 사람이라면 그에겐 이기심이라는 단어가 더 어울린다.

이런 세상에도 나를 놓지 않는 사람들에게 감사하다. 실수하면 알려 주고 개선하면 좋을 점을 조언해 주는 사람이 있음에 감사하다. 잘못을 인정하고 바라는 것을 잘 얘기하며, 어쩌다 한번 투덕거려도 서로서로 미워할 일은 없다는

확신이 있는 관계가 있음에 감사하다. '밥은?'이라는 말로
풀 수 있는 사람들이라서 감사하다.

그리고 이런 세상에도 내가 당신을 포기하지 않는다면
정말 소중하게 생각한다는 거다.
사랑은 그렇다. 인내와 이해를 통해 우리는 성장한다.

용서의 이유

몇 년 만에 내게 와 사과했을 때
그 사람이 죽도록 미웠다

하지만 그보다 더 미운 건 나였다
한참을 지나온 건데도 용서가 됐으니까
사랑한다는 이유로 그랬으니까

사랑하면 그게 문제다

## 회복탄력성

하염없이 우울함에 빠져들었던 이십 대 초반이 생각난다. 누구든 붙잡고 내 얘기를 해댔던 때. 오늘 처음 본 저 언니는 내 비밀을 지켜주지도 않을 텐데 그때의 나는 그걸 몰라서, 눈앞에 보이는 사람이라면 꼭 내 편인 것만 같아서 이래서 힘들어요 이래서 아팠어요, 약점이 된다는 것도 모르고 토해내던 때가 있었다.

스물한 살 때 쓰다 만 일기장을 열었다가 십 분도 못 보고 닫았다. 세상 아픔은 자기 혼자 다 가진 애 같아서. 시간 지나 잊고 살았지만, 그때 일기장을 다 채우지 않고 옷장에 박아둔 이유도 그거였다. 어느 순간부터 과도한 자기

연민에 빠졌단 생각이 들었다. 아픈 구석들이 서서히 아물던 내가 지난날의 글을 보니 어쩐지 조금 과한 것만 같은 거다. 그때 알았다. 내가 이래서 어떤 사람들은 나를 떠났던 거구나. 나라도 버거워서 그러고 싶겠다.

모든 시련 다 맞은 사람처럼 우울한 게 싫어졌다. 매일 죽을 것 같다는 소리만 한다고 나아지는 일은 없으니까. 남이 걱정은 해줄 수 있어도 해결해 줄 순 없으니까. 어쩔 수 없이 오는 우울함, 남에게 옮기지 않고 이겨낼 순 없을까?

나만의 방법이 생겼다.

힘든 일이 생겼는데 그게 혼자 버티기엔 조금 버거운 것일 때, 친구를 불러 고민을 털어놓는다. 얘기하다 눈물이 나기도 하겠지만 최대한 참고 어떤 일이 있었는지 말한다. 그러면 친구들은 나를 걱정하고 되레 화까지 내 준다. 그러면 그때 다시 나의 대답은.

"응. 지금 너무 힘들다? 그런데 조금만 기다려 줘. 이겨낼 거야. 나잖아. 오늘 재밌게 너랑 놀고 며칠 연락이 안

될지도 모르지만, 완전 환하게 웃으면서 돌아올게."

예전이라면 너 혼자 울 거 뻔히 아는데 어떻게 두냐며 나를 쫓아올 애들이지만, 요즘엔 이런 나를 보고 가만히 웃는다. 알아서 잘할 것을 안다며. 이번에도 너답다며. 대신 너무 아프면 말하라는 틈새 걱정을 한다.

그렇게 내가 혼자만의 시간을 보내고 다시 돌아가면 마중 나와 있는 아이들. '안아줘.'라고 말하면 웃으며 안아주는 친구들. 힘들었지? 하며 토닥여 주는 사람들.

백 가지도 넘는 방법을 써본 것 같지만, 아픔을 피할 수는 없었다. 게다가 눈물이 많은 나는 그런 거 더 못 한다. 그럴 때마다 최선을 다해 아파하면서 미친 듯이 방법을 찾았다. 잘 아플 방법. 아픔에 흠뻑 젖으면서도 사람들을 떠나보내지는 않는 법. 적당한 거리에서 날 걱정하고 사랑하게 하는 법. 그 사랑 속에서 홀로 성장하는 법. 앞으로도 살다 무너질 날이 오겠지만, 그때마다 주저앉아 버리기에 나는 너무 예쁘다.

또 나아갈래.

이겨내면 짠, 하고 등장할게.

자라도 자라도
어른은 멀었고

20대 초반까지만 해도 연애 경험이 많다는 것에 이상한
자부심이 있었다. 그땐 내가 진짜 사랑을 잘한다고 생각
했다.

"너라는 사람을 만났었다는 게 참 좋고 신기해."
"나 주변에 이런 사람 만났다고 자랑했어."
"네가 정말 잘해줬는데."
"정말 좋은 사람은 너였는데."

헤어진 후에 어쩌다 다시 보게 된 사람들이 늘 이렇게
말해줬으니까. 그럴 때마다 나는, 나 같은 사람 없지, 내가

진짜 사랑 잘하지. 이런 자신감에 빠져 살았는데. 얼마 전 혼자 산책을 하던 새벽에 이런 생각을 했다. 내가 정말 잘했나? 그렇게 잘했나? 사실 아닌데.

너무 사랑에만 눈먼 채 살았고 그러다 보니 내가 받을 사랑에 결핍이 생길 때, 나는 비겁하게도 덜 외로워할 수 있는 장치를 만들어 두기도 했다. 어리기도 했으며 질투 또한 많았다. 떠나야 할 때 떠나지도 못해 서로를 괴롭혀야만 했다. 떠나지 못한다면 감당해야 할 문제들을 결국 감당하지 못했다. 그런 주제에 백 점짜리 사랑만을 하는 사람처럼 글을 쓰고 사람들을 위로했다. 사랑을 잘할 것 같다는 말을 들으며 어깨를 높였다.

객관적으로 돌아본다. 너 정말 무거운 마음으로 사랑했어? 네가 한 여덟 번의 이별에 네 책임은 정말 없었니? 아닌데. 나 때문에 운 사람도 있을 텐데.

나를 만난 사람들도 힘들었던 순간이 있었겠다. 나 때문에 울었던 날 많았겠다. 이유도 없이 자신 있던 내 모습에 부끄러웠다. '저 사람 때문에 힘들었어'라고 말해왔는데 사실 그 사람보다 나를 더 힘들게 했던 건 나일 수 있었겠다. 멀어진 사람들이 다시 찾아 와 나와의 연애는 무얼 해도 잊을 수가 없다고 하니, 나도 모르게 거만해진 거다.

당신들이 이 글을 볼까? 그때는 내가 너무 어렸다. 사랑하며 내 아픔에만 집중했던 것 같다. 그때 나는 네가 나를 많이 울린다고 생각했는데 지금 와 보니 내가 나를 울린 것 같다. 그때의 나는 내가 정말 사랑을 잘한다고 생각했는데 지금 와 보니 아주 서툴렀던 것 같다.

사랑 어렵다. 누가 잘하고 못할 수 있는 일이 아니라서. 최선을 다했어도 누군가는 상처받는다는 게 슬프다. 내 사랑의 방식이 상대에겐 짐일 수 있다는 것도.

안아 줄까?

나를 제외한 모두가 행복해 보이는 날이 있어요

무너지고 싶지 않아서 더 바쁜 척 더 즐거운 척하고요

들어주는 건 그렇게 잘하면서 어디 털어놓자니 짐이 될

까 삼키죠?

나는 다 알아요 나도 그렇거든요

그러니 힘들 땐 이글을 찾아와요

나는 당신 편, 당신은 내 편해요

## 책임

뭐가 됐든

정말 사랑이라면

돌리는 데 시간이 걸려도

그 끝이 이별은 아니었을 거예요

전 그렇게 살았어요

그래서 늘 최선을 다해

사랑하고 슬퍼했어요

어른

    얼마 전 앨범을 둘러보다가 1년 전에 만났던 사람과 나
눈 메시지들을 봤다. 아무리 사랑해도 헤어지면 칼같이 모
든 사진을 지워버리는 편인데, 그 몇 장은 실수로 지우지
못했었나 보다. 하루 한 가지의 질문에 각자의 대답을 달
고 비교해 보는 커플 문답 앱이었다. 그날은 상대방의 어
떤 점이 멋있는지에 대한 질문이었다. 그 사람이 남긴 답
변은 이랬다.

    "대표적으로 사람을 미워하지 않는 것과 그 사람의 단점
을 이해하려고 하는 자세가 가장 멋있어. 그리고 예전부터
말했지만, 너만의 생각이나 감정을 글로 적으며 차분히 정

리하고 스스로 성장한다는 자세도 배우고 싶어. 타인과 다른 점을 미워하지 않고 이해하려는 자세는 나에게 없는 부분이라 가장 크게 영향받은 부분인 것 같아. 무엇보다 네 자체가 사랑스럽고 귀여운 사람이라 바라만 봐도 웃음이 나서. 이게 가장 닮고 싶다."

맞아. 그 사람은 늘 이런 말을 해줬다. '나는 네 이런 점이 부러워.', '멋지다.' 어딜 가든 나를 만나 감사하다는 얘길 하니 그의 주변 사람들 모두가 나를 궁금해 했었지. 사랑보다는 좋아한다는 말이 더 진정성 있다는 내 얘기에 사랑한단 말을 꾹 눌러 담고 '좋아해. 정말 많이 좋아해.'를 건네며 느린 나를 기다려 줬지. 그러다 가끔은 그가 가진 모든 사랑을 눌러 담아 '존경해.'라고 말하기도 했던 것 같다.

헤어진 후 힘든 일이 몰려올 때마다 그가 해준 다정한 말들이 떠올랐다. 그러니 가까이에 있지 않아도 응원받는 기분이 들었다. 내가 정말 가치 있는 사람이라는 기분이, 그 사람 없이도 이제는 자주 들었다. 매일 나를 멋있다, 멋있다 해줬으니까. 그의 인정에 더 그런 사람이 되고 싶었으니까. 누가 나를 미워하는 일이 생겨도 견딜 수 있었고 누가 미워질 때도 참을 수 있었다.

물론 인생에서 그 사람보다 많이 사랑한 사람은 있었다. 두 명이나 더. 그래도 누군가 가장 감사한 연애가 언제야? 라고 물으면 나는 그 사람을 얘기한다. 가장 괜찮은 사람이 누구였냐 물으면 그 사람을 얘기한다. 너무나도 사랑했지만 다시 돌아갈 생각은 없는 두 사람과 다르게 누군가 그를 다시 만날 기회를 준다면, 가장 안정적일 때 꼭 다시 보게 해달란 말을 할 수 있을 정도로.

그 사람은 어째서 가장 그리운 사람이 된 걸까? 그동안 날 만난 사람들은 나의 어떤 점이 좋고 나의 어떤 말을 사랑해서, 본인은 그렇게 산 적이 없어서 날 사랑했다. 내 옆에 있으면 꼭 자기도 좋은 사람이 될 것 같다고. 그땐 그 말이 좋았지만, 지금은 아니다. 사랑하면 좋은 길을 알려줄 수 있지만, 가르치기만 하다가 끝나면 사랑이 아니니까. 너무 사랑했지만 닮고 싶은 점이 없었으니까.

나는 그의 지혜로움과 그가 주는 안정감이 좋았던 것 같다. 안정적인 것들은 때로 너무 잔잔해서 나를 불안하게 하지만, 지나고 보면 전부 쓸데없는 걱정이었다.

그저 닮고 싶은 사람이었다. 그래서 자꾸만 생각이 나나 보다.

## 의지한다는 것

모두 그런 것은 아니지만 첫째에게는 책임감이 더 있고 막내에겐 애교가 더 있다. 그래서 둘째이자 막내인 나는 감정을 잘 표현하는 것 같다. 가끔 너무하다 싶게 자주 서운해하기도 하고.

나와 반대로 우리 언니나 내 주변의 첫째 지인들은 힘들 때 말수가 줄어든다. 아무 얘기 없이 사라졌다가 혼자 해결하고 나서야 동굴에서 나올 때도 있다.

책임감 때문일까? 살아오면서 그런 역할에 많이 놓여서 습관이 된 걸까?

서운했다. 나는 누군가의 챙김을 받을 때 정말 행복하지만, 누군가가 나를 통해 행복해하는 것을 볼 때도 큰 사랑을 느끼기 때문이다.

가끔은 외로웠다. 어려운 처지를 공유하지 못하는 사람은 자신도 괴롭겠지만 주변에 있는 사람까지 외롭게 한다.


드라마 〈응답하라 1998〉서 가장 좋아하는 에피소드가 있다.


이틀 동안 집을 비워야 할 일이 있는 엄마 라미란은 남편과 두 아들에게 해야 할 일을 설명하고 떠난다. 세 남자는 라미란이 돌아오는 날에 맞춰 집을 정말 깨끗이 해 놓는다. 꼼꼼하게 체크해 봐도 모든 것이 잘 정돈되어 있다.


'당신 없어도 우리 하나도 안 불편하더라. 걱정 하덜 말어.'라는 남편의 말에 라미란의 표정이 괜히 씁쓸해진다. 그녀는 조용히 짐을 챙겨 방으로 들어간다.

이때 속 깊은 둘째 정환이가 생각해 낸 시나리오가 감동이다.

형 정봉이가 라면을 끓여 먹을 때 그의 손을 가져다 가스 불에 대 버린다. '형 손 데었어.' 엄마를 부른다. 0.1초 만에 등장한 라미란의 손에는 구급상자가 들려 있다.

다음으로는 연탄을 갈고 있는 아빠 김성균에게 간다. 연탄을 하나 집어 들더니 바닥에 떨어뜨린다. 그리고 다시 엄마를 부른다. '아빠가 또 연탄 날려 먹었어.' 라미란은 또 바로 달려온다. 잔소리와 함께.

서랍에서 반바지를 찾는 척 뒤적거리다가 '엄마 반바지 어디 갔어.' 하는 정환이와 '으구으구' 하며 달려오는 라미란. 바지를 바로 찾아내고는 바로 여기 있는 걸 왜 못 찾냐며 잔소리한다.


집 안에 울려 퍼지는 라미란의 목소리.

"다들 나 없으면 어떻게 살려고 그래."


왜 이렇게 귀찮게 하냐며 소리 지르지만 사실 라미란은 남편과 아들에게 자신이 필요한 존재임을 증명받을 때 행복을 느낀다. 자기 없이도 잘 해낸 것을 알았을 땐 쓸쓸하고 괜히 서운해 한다. 관계 안에서의 도움, 의지, 필요, 사랑을 정말 잘 표현한 이야기가 아닐까 싶다.

사랑하는 사람에게 버틸 곳이 된다는 사실은 두 사람을 살리는 일이다. 기대는 쪽과 어깨를 내어주는 쪽 모두가 행복하다. 물론 한 쪽으로만 치우치면 당연히 힘들고. 가끔은 네가 가끔은 내가 힘이 되어주자는 거다.

걱정하게 하지 않는 것도 사랑한다는 말이 될 수 있지만, 대체 불가능한 존재라며 하나의 대단한 역할을 부여해 주는 것도 큰 사랑이 아닐까.

'네가 필요해', '너 없으면 정말 힘들 거야', '나 이거 너 없이 어떻게 해.' 그래서 나에겐 이런 말이 애정 같다.

만약 당신이 어딜 가든 들어주는 쪽이었다면, 꼭 첫째가 아니더라도 살아온 삶 탓에 늘 의젓해야 했다면, 참아야 할 순간이 많은 위치였다면, 꼭 한 번은 이렇게 말해 보는 것을 추천해 드린다.

"나 좀 도와줘."

## 사랑의 힘

성격이 원체 급해 뛰어가듯 걸을 줄만 알았던 한 사람은 사랑하는 이를 만나 좁은 보폭에 맞춰 걸을 줄 알게 됩니다. 아침잠이 많던 어떤 남자는 좋아하는 여자에게 잘 잤냐는 인사가 하고 싶어 새벽부터 일어나고요. 투정이 많고 고집이 셌던 어떤 여자는 오늘부터 한 사람의 인생을 이해하고 사랑해보려고 애쓰기 시작합니다.

미운 점을 덜어내고 좋은 부분을 더해가는 것, 한 번도 살아본 적 없는 삶을 배우려 애쓰는 것, 나는 그걸 사랑이라고 합니다. 사랑은 한 사람을 더 잘 살고 싶게 합니다. 사랑에는 그런 힘이 있습니다.

## 거름

되돌아보면 늘 괜히 한 일은 없었다. 좋은 일은 그대로 좋은 추억이 되었고 나쁜 일은 교훈이 됐으니까. 나만 힘든 게 아닐까 잠시 억울해하다가, 이제는 생각을 고쳐먹는다. 아파하는 데 쓴 시간이 아까워서라도 치열하게 살아야 한다. 아픔을 통해 아무것도 얻지 못했다면 그건 내 잘못이기도 하다. 고통이 억울해서라도 나는 성장해야만 한다.

## 믿는다는 것

협재 해수욕장에 갔을 때다. 바다 바로 앞 카페에 앉아
있다가 해가 지길래 일어나 해변을 거닐었다.

"와, 저기 보여? 바다 바로 앞 바위. 저런 데다가 돌 쌓고
싶다..."

친구와 얘기하며 가까워진 바다 앞에는 이미 수십 개의
돌탑이 세워져 있었다. 파도가 철썩거리는 게 슬프고 아름
다운 영화 같았다. 해변 어딘가에 쓸쓸히 앉아 사랑했던
누군가를 그리워하는 남자가 있을 것 같은 분위기였다.

바위 위로 갔다. 작은 돌을 하나씩 골라 쌓고 소원을 빈 후 바다를 바라본다. 지금 우리 모습 꼭 어느 뮤직비디오에 나오는 장면 같겠구나. 바로 앞까지 왔다가 바위에 막혀 돌아가는 적당한 파도, 귀에 들리는 잔나비의 〈주저하는 연인들을 위해〉 드럼 연주 소리, 울컥할 만큼 아름답던 소원을 비는 사람들의 모습을 우리가 잊을 수 있을까?

어딜 가든 '소원 빌자!' 하며 조르는 건 내 쪽이었기에 기분이 더 이상했다. 소원을 얼마나 비는 거냐고, 그렇게 많이 빌면 잘 이뤄지지도 않는다고 구박을 주는 친구들 사이에서 늘 조용히 소원을 빌 수밖에 없던 나에게 그건 꿈같은 장면이었으니까. 그 바다의 끝은 나를 닮은 사람들이 들렀다 가는 곳 같았으니까.

어딘가에는 아직도 무언가를 믿으며 살아가는 사람이 있다는 게 좋다. 자신을 위해 빌고, 때로는 사랑하는 누군가의 행복을 빈다. 잃고 싶지 않아서 빌고 아프지 않으면 좋겠기에 빈다. 혹은 이미 아픔이 시작됐지만 정말 기적적으로 돌릴 수 있다면 더 바랄 게 없을 것 같아서. 그런 기적은 이렇게밖에 기다릴 수가 없으니까.

이름도 얼굴도 모르는 이들의 행복을 빌어본다.
그만큼 간절한 무언가가 있다니 꼭 이루어졌으면 좋겠다.

더 잘 살아보고 싶어서 괜히 돌을 쌓아 탑을 만들고, 괜히 연못 한가운데 동전을 던지고, 괜히 별이 밝다는 핑계로 소원을 비는 사람들. 아프지 않았으면 좋겠는 사람들.

예의


싫어하는 일이 같고
용서할 수 있는 말의 범위가
비슷한 사람들이 좋다

나와 시간을 보내는 사람도
누군가의 소중한 사람이라는 걸
언제나 잊어버리지 않는
그런 사람들이 좋다

## 오랜만에 만나도 좋은

만나는 사람만 만나다 보니 지금까지 깊은 관계를 유지하는 중고등학교 때 친구는 5명 정도밖에 안 된다. 넓게 에너지를 쓰는 일이 안 맞기도 하고 어제 본 사람을 오늘도 보는 게 좋아서. 하지만 예외적으로 몇 년째 만남 없이도 가까운 사이를 유지하는 친구들이 몇 명 있다.

친구의 생일 소식에 짧은 카톡을 보냈다. 야, 생일 축하해. 그저 대여섯 글자짜리 축하에도 걔는 날 반가워했다. 간단한 안부를 주고받는 우리 말투는 매일 카톡 하는 사이처럼 편안했다. 애쓰지 않은 말투에도 편안한 반응이 오니 좋다.

바로 다음 날, 갑작스레 본가에 내려갈 일이 생겼다. 혼자 있는 시간을 줄이고 싶어 고민하던 참에 그 친구 생각이 났다. 오늘 뭐 하냐고 문자를 보내니 바로 만나자는 답장이 온다. 함께 일하다 저녁을 먹기로 약속을 잡았고 친구가 우리 동네로 와 줬다. 카페에 들어와 음료를 기다리는 동안 얘기를 나누는데 하나도 어색하지 않았다.

"야 너랑 나랑 성인 되고 처음 보는데 왜 안 어색하냐?"

먼저 그런 말을 꺼낸 건 친구였다. 나도 마침 딱 그 생각을 하고 있었다고 전하자 애도 웃는다. 한참 이런저런 대화를 나누다 또 아무렇지 않게 각자 할 일을 하고, 나와서 밥을 먹으며 다시 긴 얘기를 나눴다. 그 시간이 너무 좋아 참지 못하고 헤어지기 직전에 내일도 같이 공부하자고 말했다.

가끔 세 번 정도를 만나 봐도 함께 있으면 어색한 사람이 있다. 어떤 질문을 해야 할지, 저 사람 지금 이 자리가 불편하다 느끼지 않을지 걱정하느라 많은 에너지를 쓴다.

이렇게 몇 년을 보지 않다가 마주 앉아도 매일 본 듯한 사람이 있다는 게 신기하다. 그럴 때 감사하다. 시간이 지나도 이 자리에 있어 줄 것만 같아서. 가장 편안한 집 같아서.

결이 맞고 오래된 친구는 꼭 어릴 때부터 버리지 못한 내 갈색 곰돌이 인형 같다. 눈을 감았다 뜨면 우리 함께 수다를 떨기 바빴던 1학년 9반 교실일 것만 같은 느낌. 촌스럽다며 싫어했던 남색 그 교복을 입고 있을 것만 같은 느낌.

나쁜 관계

"누나. 나 이상해지는 것 같아."

처음 그 애를 봤을 땐 경험이 없는 스무 살 순수한 새내기였다. 체격이 좋고 스타일도 깔끔해 인기가 많겠다고 생각했다.

얼마 후 여자친구가 생겼다는데 마음고생을 좀 한 것 같았다. 상대는 내가 봐도 그리 좋은 사람이 아니었다. 그 애 앞에서 여자친구에 대해 함부로 말한 적은 한 번도 없지만, 사실은 안타까운 마음이 컸다. 몰래 전 남자친구를 만나러 간 것을 알아도, 처음 보는 남자들과 밤새워 술 마신 것을 알게 돼 괴로워도 그 애는 여자친구를 용서했다. 울면서 참았다. 그러면 안 된다는 것을 알면서.

"누나. 나는 이런 게 정말 싫은데 다시 만나게 되는 게 너무 이상해. 이러면 안 되는데. 나쁜 사람인 거 아는데 판단이 잘 안 돼요."

나에게도 그런 경험이 있었다. 어딜 가든 잘 웃고 긍정적인 나를 한없이 초라하게 만드는 사람이 있었다. 나를 쥐락펴락할 수 있던 유일한 사람이었다. 그걸 왜 그렇게도 참았는지 지금은 알 수 없지만 그때는 사랑하는 사이이니 당연하다 여겼다. 마지막쯤에는 그 애가 원하는 것은 내게 사랑을 주는 일이 아닌 갑이 되는 일이라는 것을 알았지만 빠져나오는 게 어려웠다. 겨우 멀어진 후 그 관계를 돌아보니 나는 절대 그런 대접을 받을 사람이 아니었다. 몰라서 계속 머물렀을 뿐.

멀어져야 한다는 거, 머리로는 알지만 판단이 안 될 때가 있다. 특히 가깝다고 생각하는 대상에게서 받는 신체

적, 감정적 폭력은 이성적 사고를 어렵게 한다. 그래도 나를 사랑할 거야. 그래도 나를 친구라 생각할 거야. 저 무리에서 나오면 나는 왕따가 되려나. 이런 두려움이 발목을 잡는 거다. 지나고 보면 아무것도 아닌 관계지만 막연히 어렵기만 한 일들. 그래서 자꾸만 부정하고 합리화하게 되는 일들.

자신을 성의껏 대해주는 사람은 어딘가에 있기 마련이다. 그러니 나의 가치를 짓누르는 사람 옆에 남지 않기를 바란다. 그저 흘러갈 인연을 아쉬움에 놓지 못하다가 진짜 인연을 놓치면 안 되니까. 나를 작아지게 하는 관계가 있다면 조금만 뒷걸음쳐 보자. 세상 어느 곳에든 날 기다리는 사람이 분명히 있다는 것을 알게 될 거다. 아파할 마음을 그런 사람을 찾아 나서는 데 쓰면 좋겠다. 그렇게 잠시라도 아니라는 생각이 들면 멈춰서 생각해봤으면 좋겠다.

세상에 나 자신보다 소중한 것은 없고, 그런 내가 없다면 이 세상도 없다.

## 괜찮아 괜찮아

사는 게 바빠
매일 연락하지 못해도
섭섭하지 않은 사람들이 있다

연락이 오래 없으면
불안하기보다
'잘 지내고 있구나.'
오히려 기분 좋은 사람들이 있다

그러다 힘들 때만 찾아도

아무 이유 묻지 않고

안아주는 사람들

잘 왔다며 토닥여 주는 사람들

괜찮아 괜찮아

온몸으로 말해주는 것 같은 사람들


고마운 사람들

## 자존감 연습

"그동안 예쁜 애들을 만났는데. 넌 마음을 보고 만났어."
라는 말을 내게 한 사람이 있다. 화가 났다. 난 절대 타인
에게 그런 말을 들을 사람이 아니라는 것을 알고 있었으니
까. 더군다나 남을 그 정도로 평가할 만큼 그 애가 내 눈에
멋진 사람도 아니었다. 난 바로 '너같이 무례한 애를 처음
본다'며 불쾌감을 전했다.

"지금껏 본 사람 중 가장 거만해 보여. 내 눈에 그렇게
대단해 보이지 않는 너에게서 이런 얘길 들었다는 게 화가
난다. 너 뭐 돼?"

아무리 단단해졌다 해도, 그날의 말을 잊는 데는 엄청난
시간이 필요했다. 그 사람은 결국 이별 직전과 그 후까지

도 전에 만난 사람들을 들먹였다. 다투면 전 연인이 보고 싶단 말을 했고 '그때 정말 좋았다.' '행복했다.' 이런 식의 말을 뱉었다. 나의 자존감을 깎아내리는 것에 쾌감 같은 걸 느끼는 사람처럼. 그렇게 최악으로 헤어지고 나서 온 마지막 장문의 카톡까지도 가관이다.

"전에 만난 사람들과는 행복했고 정말 많이 사랑했는데 넌 아니야. 너 안 사랑했어."

벌어진 지 그리 오래되지 않은 일이지만 슬픔은 없다. 예전의 나라면 지금까지 내내 그 말에 갇혀 살고 있었을 텐데.

문득 내가 나를 잘 사랑하고 있음을 느꼈다. 타인의 목적성 짙은 비난에 동요하지 않고 나에 대한 확신을 지키고 있다니. 대학생 때만 해도 고민에 관한 질문을 받으면 '자존감을 높이고 싶어요.'라고 말하던 나인데.

"자존감이 너무 낮은 저를 위해 한마디 해주세요."라는 요청을 자주 듣는다.

나는 그때마다 조언이랍시고 '잘될 거예요.' '충분히 빛나요.' 이런 얘기하는 게 싫어서 일절 답변을 안 했었다. 그런데 얼마 전부터 '자존감'이 뭔지, 그걸 정말 어떻게 올리는지 알 것 같은 거다. 마침 큐앤에이 게시글에 그 질문이 올라와 잘 생각해봤다. 나는 어떻게 단단해졌을까?

일단은 움직였다. 나를 발전시키고 꾸미며 내/외적으로 어떤 변화를 만든 게 시작이었다. 외모를 가꾸거나 매일 운동을 하는 거, 좋아하는 일을 잘할 때까지 물고 늘어졌던 것도 있다. 노력의 결과가 좋으면 다른 사람에게서 인정받기도 했는데, 그럴 때마다 자존감이 수직으로 상승했다.

성취보다 큰 자극이 있을까. 그게 되면 타인의 인정은 당연히 따라 올 텐데. 묵묵히 나를 성장시켜 나가다 보면 분명 그 변화가 다른 사람 눈에도 보일 날이 온다. 성취와 인정이 만나 내는 시너지라면, 안 오를 수가 없잖아.

'자존감을 높여주세요.', '자존감이 낮은 저를 위해 좋은 말 해 주세요.'라고 하는 사람들의 공통점이 있다. 바로 얼마 지나지 않아 비슷한 내용으로 한 번 더 연락해온다는 것. '저 진짜 자존감 낮아서 힘들어요. 꼭 답장 주세요.' 연락을 다시 하기까지 그 사람은 어떤 노력을 하며 지냈을까? 나는 가끔 궁금해진다.

물론 사랑으로 올리고 싶은 마음은 이해하나, 위로만으로는 영원히 해결하기 어려운 영역 중 하나가 자존감이다. 적어도 나는 그랬다. 그러니 바라건대, 결핍과 불안을 다른 사람으로서 해소하려 하지 마시기를. 스스로 원인과 해결책을 찾아 내시기를. 타인은 그 과정을 인정과 칭찬으로 돕는 것밖에 할 수 있는 게 없다.

처음이 어렵다면 사소한 부분에서라도 무언가를 이루면 된다. 예를 들면 오늘 아침밥을 예쁘게 차려 먹는 거나 독서 후 마음에 드는 부분을 필사하는 거. 방 청소 후 집 앞 공원에 가 산책하는 것도 좋겠다. 오늘 세운 계획을 다 지킬 때 느껴지는 쾌감도 절대 무시 못 하니까.

"어? 나 해냈네!"

이 감정이 무엇보다도 중요하다고 말하고 싶다. 크기가 어떻든 목표를 하나씩 달성하다 보면 나를 사랑하고 있는 나를 발견할 수 있을 거다.

## 약속

"다음 달에 데이지꽃이 핀대." "우리 올여름에 동해 갈 거야. 벌써 숙소 예약해 놨어." "한 해 잘 보내고 연말엔 제주도 갈까? 2주 정도요." "데려다주는 건 매일 할 수 있게 해 줘. 부탁이에요." "오늘 친구들 만날 것 같아요. 열 시까지는 갈 테니까 맛있는 거 만들어서 영화 보자."

지킬 수 있는 약속이 좋다. 사랑해, 결혼하자, 이런 말도 좋지만 일상적 행동에서 믿음을 주는 사람. 잔잔하고 따뜻한 사람. 집에 갈 땐 꼭 바래다줄 거라는 말을 한 번도 빠짐 없이 지키거나 아무리 다퉈도 손은 놓지 않고 걷는, 그런 것들로 믿음을 주는 사람이 좋다.

사랑

그런 사람을 만나고 싶다

외로워서 누군가를 찾는 게 아니라
사랑해서
혼자여도 괜찮을 날을 포기하는 사람

그 마음은
절대 가벼울 수 없을 것 같다

## 건강한 대화

몇 년째 비슷한 친구들만 만난다. 환경이 크게 달라지는 게 싫어서. 그러다 오랜만에 만난 친구와 대화 코드가 맞다 느끼면 그때부턴 또 그 애만 만난다. 보통 내가 자주 찾는 친구들의 공통점은 한 번의 대화에서 느낌이 통한다는 거다. 과거, 현재, 미래가 적절히 분배된 이야기.

한참 시끄러운 술자리가 신기할 스무 살 때도 나는 언니 오빠들과 진지한 대화를 하는 술자리만 찾아다녔다. 술 게임을 하거나 이성을 사귀는 목적의 술자리는 나에게 별 영양가 없게 느껴져서. 그 시간에 더 많은 것을 경험한 인생 선배의 조언을 듣는 게 좋았던 거다.

지금도 다를 것 없다. 시끄러운 술집보다, 누군가와 합석하며 신나게 그 자리를 즐기는 것보다, 진지한 대화를 나누고 싶다. 요즘 어떻게 지내며 가장 고민하는 일이 무엇인지, 요즘 이 영화가 유행이라는데 봤는지, 어떤 인물의 마음에 공감이 되는지. 지금 가진 재능과 무관하게 하고 싶은 일이 있는지, 결혼은 어떤 사람과 하고 싶은지, 요즘 남몰래 꾸는 꿈같은 게 있는지.

나는 그렇다. 생산적인 대화가 좋다. 배울 점 있는 사람이 좋다. 만나고 헤어져 각자의 집으로 돌아가는 길에 살아있음을 느끼는 대화가 좋다. 그리고 그런 사람이 되어주고 싶어서 나는 어쩔 수 없이 자꾸만 진지해진다.

느릿느릿
사랑받고 싶어요

　세상이 너무 빠르게 변하니까 오히려 느리고 책임감 있
는 것들이 더 좋다. 온종일 홀로 집을 지키는 게 외로울 법
한데 여전히 그 앞을 잘 지키는 파란 지붕 집 진돗개처럼,
아무리 다퉈도 말 안 되는 떼를 써도 날 이만큼이나 예쁘
게 잘 키워 주신 부모님처럼, 내가 아무리 미운 짓 해도 밖
에선 꼭 손잡아 주던 그 사람처럼.

　무슨 일이 있어도 건재한 것들이 좋다.

## 오래달리기

날 때부터 몸이 약해 자주 쓰러지곤 했지만, 이상하게 오래달리기는 그렇게도 해내고 싶었다. 초등학교 4학년 때였다. 친구들이 하나둘 포기할 때 끝까지 달렸더니 태어나 처음으로 운동에서 1등이란 걸 해봤다. 한계를 이겨내고 싶어서 오기로 뛰어 얻은 결과였다.

숨이 턱 막혔다. 아이스크림 포장할 때 넣어주는 드라이아이스가 내 속에 절반쯤 찬 느낌이었다. 체력이 약해 체육 시간마다 한쪽에 앉아 있던 내가 그만큼을 뛰니, 경기가 끝나자마자 친구들과 선생님이 달려와 괜찮냐고 물었다. 내 인생 마지막 달리기였다.

이 말을 왜 하냐면

정말 사랑하는 사람이 생기면 그를 위해 미친 듯이 달려보고 싶어서.

그 사람을 위해 전력으로 질주해보고 싶다. 무슨 일이 생기면 가장 먼저 달려가고 싶다. 갑자기 내 손 잡고 어딘가로 도망가고 싶다면 힘든 줄도 모르고 아무도 없는 곳까지 함께 달려주고 싶다. 오래 달리는 게 무서운 나라는 것도 까맣게 잊을 정도로 사랑에 몰두하고 싶다. 그렇게 뛴 내 입에서 숨이 차는 소리가 난다면. 정말 사랑이겠다. 사랑에는 도저히 할 수 없는 어떤 일도 가능하게 하는 힘이 있으니까.

울보

생각해보면

내가 울 때

앞에 있는 사람이 같이 우는 일은 거의 없었다

그럴 때마다

내 마음이 더 큰 것을

증명받는 것 같아서 싫었다

나는 이렇게 슬픈데

너는 눈물도 안 나니

날 위해 울어주는 사람 있으면 좋겠다

내가 아프면 자기도 아프다고
내가 행복하면 자기가 더 기쁘다고
우는 사람 있으면 좋겠다

권태

사랑에 빠진 결정적 이유는 결국 이별 사유가 된다는 얘기를 들은 적 있다.

과묵하고 무뚝뚝한 사람을 보고 '재미없는 남자라 불안할 일은 없겠다!' 싶어서 사랑을 시작했지만, 그래서 같은 이유로 헤어지게 된다고. 같이 있을 때 나만 노력하는 것 같고, 애정이 없는 것만 같아 외로움을 느끼게 된다고. 또 '저 사람은 추진력이 좋고 자기관리를 잘하네.' 싶은 사람을 만나면 그의 인생엔 이미 중요한 일이 너무 많아 내가 밀리는 느낌을 받게 되어 헤어지게 된다고.

내 연애 중 두 번은 분명한 문제가 있었다. 연인이라면 다투기 마련이지만 그들은 화가 나면 소리를 지르거나 욕을 했었다. 둘을 사랑하게 된 결정적 포인트는 같았다. 어디 가서 지는 성격이 아니었고 자기주장이 확실했다. 내가 늘 말하던, 사자나 상어 같은 사람. 험한 세상에서 나를 지켜줄 수 있을 것 같은 사람이었다.

하지만 사이가 가까워지고, 의견 차이가 생기기 시작하면서부터 그들은 점점 화를 참지 못하는 모습을 보였다. 처음엔 실수였다고 다신 안 그러겠다고 사과하기도 했지만 결국 그들은 변함없이 계속 그런 사람이었다. 당신이 가진 그 화, 나한테 쓰면 안 되는 거였는데.

사랑에 빠질 만큼 좋게 느껴지던 점들이 지긋지긋해지는 것은 어느 쪽의 잘못일까?

나와 다른 어떤 점에 끌려 빠지지만 너무 달라 안 되겠다며 각자의 길을 택한다. 연인 대부분은 그렇게 헤어진다. 처음부터 이 결과를 예상하는 사람은 없다. 아니, 사실은 알지만 싸한 기분이 들더라도 외면하는 거다. 이미 많이 사랑하고 있을 테니까. 그러고 보니 '우린 너무 닮아서 헤어져야 해'라는 말은 정말 들어본 적 없는 것 같다.

오래 사랑받는 사람이 되려면 뚜렷한 장점이나 단점 없이 무난한 사람이 되어야 할까? 나는 내가 좋은 것과 싫은 것이 확실해서 좋은데. 여전히 정답은 모르겠다.

안아줘요

그냥 사랑한다 말하고

안아주면 충분할 일에

당신들은 왜 그리 많은 시간을 쓰나요


다툼도 사랑일 텐데

3장

흔들리지 마

## 벌레 같은 사람들

어릴 때부터 변태 같은 애들을 좋아했다. 지금 떠올리고 있을 그 변태 말고, 한 가지 일에 집요한 이들을 말하는 거다. 그런 애들에게 붙는 별명은 '-벌레'였다. 요즘은 충(蟲)으로 부르는 게 대세다. 인디충, 감성충, 국밥충.

같은 의미지만 '충'은 기분 나빠서 벌레라고 풀어 말하는 게 좋다. 국밥 벌레. 너무 귀엽잖아.

아무튼 이번엔 내가 본 벌레 이야기를 해 볼까 한다.

하루 종일 교과서와 선생님을 붙잡고 살던, 정말 1등을 놓친 적이 없던 친구의 별명은 공붓벌레였다. 등하교 시간에도 책에서 눈을 떼지 않던, 초중고 내내 다독상을 독식한 친구의 별명은 책벌레였다. 무용부 활동을 했던 중학생 때는 연습벌레도 봤다. 급하게 준비할 게 있어서 새벽부터 연습실에 갔을 때, 두고 온 짐을 챙기러 늦은 밤에 갔을 때, 밥을 거르고 갔던 어느 점심시간에도 연습벌레 언니는 있었다.

친구들은 놀리거나 질투를 했다. 그렇게 책만 보면 나중에 눈이 멀 거라는 말. 그렇게 공부만 하면 아주 재미없는 사람이 되어 여자 친구를 사귀지 못할 거라는 못된 저주. 쟤 과하게 연습하는 거, 다 유난 떠는 짓이라는 말과 함께 시작되는 여론 몰이. 모두 선생님에게 예쁨받으려 연기하는 거라는 마녀사냥. 그럴 때면 나는 동의하지 않고 이렇게 말했다.

"아니? 저건 진짜 대단한 일인데?"

내가 본 인간 벌레들 수준의 광기는 못 따라가지만 나에게도 꽂히면 죽도록 파는 것이 몇 개 있긴 하다.

'이 노래를 왜 이제야 알았지!' 하는 순간 그 곡을 제외하고는 모두 플레이리스트에서 삭제한다. 한 번 산책을 하면 최소 한 시간, 길게 는 네다섯 시간을 채우는데 그때 무조건 한 곡만 반복해서 듣는다.

아티스트에 대한 고집도 있다. 몇 년 내내 듣는 가수들의 곡만 듣고 있다. 다른 가수의 노래를 잘 안 듣는 건 전체적인 스타일이 안 맞는 것도 있지만, 이상한 의리기도 하다. 한번 좋아하던 사람을 쭉 좋아하고 싶은 마음.

음식에 대한 광기도 있다. 만나던 사람과 기념일에 오일 파스타를 해 먹은 적이 있는데 그게 진짜 맛있었다. 함께 한 일 년 반 중 하루 빼고 날마다 붙어 있던 우리의 저녁 메뉴는 항상 오일 파스타였다. 심지어 이별하던 날의 저녁도 오일 파스타였다.

샤부샤부에 꽂혔던 대학교 삼 학년 때도 과장 없이 일 년 내내 만들어 먹었다. 샤부샤부를 먹어야 비로소 하루를 잘 마무리한 느낌이 들었다. 가끔 회식이 있거나 채소를 안 좋아하는 친구와의 약속이 생겨서 놓치면, 다음 날 2샤부(하루에 샤부샤부를 두 번 먹는 일)를 함으로써 정해진

샤부력을 채워야 했을 정도로 진심이었다.

이런 고집 덕에 난 내가 갖게 된 것들에도 늘 의리가 있지 않았나 싶다. 음악이나 음식뿐 아니라 내가 맡은 일, 나에게 온 사람도 놓지 않으니까. 아무래도 모두 연결되어 있는 게 아닐까.

한자리에서 한 가지 일에 몰입하는 것은 큰 재능이다. 그리고 내 말대로 그런 열정이 정말 책임감과 관련 있다면 그들은 나처럼 본인이 맡은 일, 그의 영역 안에 있는 사람에 대해서도 같을 거다.
하나의 일에 집요한 모든 사람이 대단한 책임감을 가졌을 거란 일반화는 못 하지만, 대단한 책임감을 가진 사람 중 대부분은 한 가지 일에 죽도록 달려드는 광기가 있지 않을까 정도의 추측은 한다.

오랫동안 하는 일이나 취미가 있는 사람이 좋다. 그렇게 달려든 후엔 어느 것도 장난으로 대하지 않는 진지함이 좋다. 빠지면 끝을 봐야 하는 성격이 좋다. 생각만큼 쉽지 않

다며 금방 포기하는 거 말고, 꾸준하면 될 거라는 마음가
짐이 좋다. 왜 포기하지 않냐고 물어보면 처음은 누구나
그렇다며 보이는 선한 웃음이 좋다. 그러고는 결국 해내는
게 좋다. 하나에 진득한 게 예뻐 보인다.

그런 사람을 발견하는 날이 온다면 아주 오래 관찰하고
싶다.
아주 오래 관찰했는데도 여전히 그런 사람이라면 '찾았
다.' 하며 꼭 끌어안아 줄 거다.

세상 모든 인간 벌레를 사랑해.

잘해주지 마요

"잘해주지 마요. 또다시 사랑 앞에 무릎 꿇고 아파할 자
신 없네요."

좋아하는 노래에 이런 가사가 나온다. 초등학생 때 가장
인기 있던 가수의 노래인데 그때의 나는 가사의 의미를 이
해하지도 못하면서 맨날 그걸 따라 불렀다. 걸려 오는 전
화를 받을까 수없이 고민했지만 받지 않았다는 말, 술에
취해 보고 싶다고 말할까 봐 그랬다는 말. 아침이면 다 아
닌 일이 될까 봐 무섭다는 말. 노래를 부르는 그 사람의 마
음이 정확히 어떤 마음이었는지는 알 수 없었지만 그게 어
째선지 슬프게 들렸다. 또 한편으로는 사랑하는데 잘해주

지 말라는 말이 나는 이해되지 않았다. 잘해달라고 얘기하면 되잖아요?

하지만 겪어 보니까 알겠더라. 가슴 아픈 이별을 몇 번 하고 나면 사랑의 무게가 커진다.

내가 사랑을 겁내게 된 데에는 단계가 있었다. 사랑 앞에 좌절하다 보니 생긴 겁이 먼저였고 그 마음이 지속되며 계속 상처받기 싫은 게 다음. 그게 또 길어지면 내가 그 사람을 많이 울릴 것 같다는 겁이 생겼다. 내 사랑의 힘이 고갈돼서 그 사람이 아파하게만 될까 봐.

"잘해주지 마요."

언제부턴가 나도 그런 말을 하고 있다. 당신이 잘해주니 흔들려요. 그런데 지금 나는 그걸 잘 못 해낼 것 같아요. 사랑에 미쳤을 때 내가 할 수 있었던 일, 지금은 절대 못 할 것 같아요. 싫은 게 절대 아닌데 불안해요.

하지만 아주 가끔은, 내 겹을 뚫고 사랑한다고 말해 줄 사람이 있으면 좋겠다는 생각도 한다.

그렇게 다시 누군가를 좋아하게 된다면 제대로 사랑해 보고 싶다. 나 때문에 우는 날보다 행복해서 웃는 날이 많게 해 주고 싶다. 그 사람이 꾸는 꿈에 가장 큰 도움이 되고 싶다. 그래서 그 사람이 어디에 가든 나를 당당하게 자랑할 수 있게 된다면 좋겠다.

그럴 일 없으면 좋겠지만 혹시나 헤어지게 된다고 해도 나를 만난 일을 후회하지 않았으면 좋겠다. 우리가 사랑하면서 아주 가끔 힘든 날도 있었고 어쩌다 이렇게 끝이 났지만 그래도 널 만나서 참 좋았다고 서로에게 얘기할 수 있으면 좋겠다.

오늘도 이 노래를 듣는다. 그러면서 가끔은 혼자 운다. 이렇게 우는 내 앞에, 누군가가 나타나서 "아니야. 그래도 내가 너에게 잘해줄게"라고 말해줬으면 좋겠다.

잘해줬으면 좋겠다.

자책

집 가는 발걸음 무겁다

어떤 후회가 내 발목에
모래 주머니를 채웠나

혹시 오늘 누굴 아프게 했나
하지 못한 말이 남았나
미안하단 말 전해야 할 사람 있나
달려가 보고 싶은 사람이라도 있나

이유도 모르는데 무거운 발걸음이 싫다

내가 못 보는 곳에서

어떤 마음이 울고 있을까 봐

## 슬픈 예감

사실

맨 처음 네 눈을 봤을 때

나는 알았어

우리가 아주 나쁘게

헤어질 수도 있겠다는 것을

## 이별 부적응

그렇게 채소를 싫어했는데 이제는 구운 양파 빼고 다 먹
는다. 한때는 세상 모든 슬픔이 내 것만 같았는데 이제는
그 경험으로 사람들을 위로한다. 커피를 한 모금만 마셔도
심장이 빨리 뛰어 쳐다도 안 봤지만, 이제는 아이스아메리
카노가 아니면 안 된다. 잘 보이고 싶은 사람 앞에서 편식
하고 싶지 않아서, 나와 같은 사람들을 위로하고 싶어서,
친구들은 아메리카노를 잘 마시던 게 멋져 보여서 연습하
던 것들이 이제는 잘하는 게 됐다. 그렇게 못하던 것들은
결국 경험할수록 늘곤 했다.

하지만 여전히 서툴고 싶은 것들도 있다. 누가 떠날 땐

여전히 슬퍼하고 싶고 사랑을 할 때 여전히 치열해지고 싶다. 퍼서 줘봤자 대부분은 나를 떠난다는 것을 알아도 나에게 있는 모든 것을 주고 싶다. 이별해봤다고 익숙해지긴 싫다.

그런 것들에는 노련해질 일 없기를. 헤어짐 앞에 태연할 일 없기를. 아무리 많이 사랑하고 이별해도 새로운 사람과의 이별 앞에선 늘 아이 같기를. 계산하지 말기를. 포기하지 말기를.

그래도
이해하고 싶었던 거야

"네 마음 이해하겠어. 그런데."
"아니. 넌 내 마음 이해 못 해. 네가 나라도 돼?"

싸우다 이런 얘기를 들었을 때 솔직히 좀 억울했다. 나
는 조금 다투다가도 어느 정도 시간이 지나면 '이 부분은
쟤도 그랬겠다. 지금 사과하고 싶은데'라는 생각이 드는
편이다.

나라고 서운한 게 없는 것도 아니고 그냥 내가 미안한
부분은 잘 알겠어, 그렇게 사과하는 건데. 왜 이런 말을 들
어야 하지? 왜 이해를 해줘도 그러는 거야?

매듭을 짓지 못하고 나와 혼자 걸었다. 좁은 골목 사이를 지나다 보니 빨간 지붕의 집 앞에 나무 한 그루가 있다. 평소 같으면 예쁘다 하고 지나갈 텐데. 이상하게 외로워 보였다. 2분만 더 걸으면 있는 도로변의 나무는 다들 모여 거의 숲을 이뤘는데. 쟨 그냥 집 앞에 혼자 서 있어서. 너는 외로울까 아니면 그 집의 유일한 존재라 다행이다 싶을까?

언젠가 길고양이를 볼 때도 그랬다. 세 마리쯤 누가 버리고 간 옷 위에 앉았다가 그 주변을 맴돌았다 하길래 얼른 집으로 뛰어가서 잘 안 입는 옷을 몇 개 가져왔다. 옷 위에 앉고 싶어 하는 것 같아서. '쟤네는 나한테 고맙겠지?' 하며 옷을 여러 벌 그 옆에 뒀다. 그런데 내가 옷을 두자마자 세 마리는 동시에 자리를 떴고 그 후로 그 자리에선 고양이들을 볼 수 없었다. 나는 너희가 좋아하는 것 같아서 그런 건데.

행복한 나무일지 외로운 나무일지, 정말 그 나무가 되어 보지 않고서는 이해할 수 없다. 고양이가 정말 옷 같은 것에 기대 눕고 싶었을지, 아니면 딱딱한 바닥이더라도 인간에게 방해받지 않고 그들끼리의 시간을 가지고 싶었을지 나는 모른다. 모르는데 '왠지 그럴 것 같다.'라는 이유에서 괜한 오지랖을 부린 거다.

어쩌면, 다툴 때마다 상처를 주던 그 애의 말마따나 난 그냥 내 마음 편하자고 이해하는 좋은 사람인 척하고 싶었던 게 아닐까?

타인을 완벽히 이해할 수 있을까. 그게 과연 가능할까. 이 모든 것을 인정해도 난 여전히 내가 나쁜 사람이어서 그랬다고는 인정 못 한다. 그냥. 좋아해서 어떻게든 이해해보려 한 거고. 나무가 예뻐서 걱정해 본 거고, 고양이를 챙겨주고 싶어서. 도움이 되면 좋을 것 같아서. 말하다 보니 이기적인 것 같기도 하고.

전화를 걸어 말을 건넨다. 그냥 내가 할 수 있는 선에서 최대한 이해해보려 한 거야. 나 편하자면 나만 생각했지. 나 나쁘게만 보지 마. 나도 잘못했는데 너 좋아하는 마음이 더 커서 이해하고 싶었던 거야.

어떤 이에겐 이해, 어떤 이에겐 오지랖.

참 어렵다.

## 늦어버린 일들

"내가 네 앞에 있을 때, 네 말을 듣다가 울 때, 그래도 실수하지 말자고 너를 잡을 때, 그런 나를 등지고 네가 나갈 때, 내가 널 기다리던 때까지. 사과할 시간은 너무 많았어. 미안해. 이번에는 정말 늦었다."

사랑하는 사람에게 상처 준 것을 후회한 적 있나요. 그 사람을 다시는 볼 수 없게 됐나요. 우리는 어떤 마음에 울고 어떤 마음을 울렸을까요. 어떤 핑계로 누굴 아프게 했을까요. 상처는 늘 돌고 돌기만 할 텐데.

## 조용한 배려

집들이에 온 선배가 소주를 마시지 않는 나를 위해 맥주 한 캔을 사 왔다. 그 맥주는 전에 한 번 좋아한다고 말한 적이 있는 맥주였다.

"저번에 이거 먹던 것 같아서. 그건 이 색은 아닌 것 같긴 했는데 이름이 같아서 사 왔어."

나는 그 맥주의 레몬 맛만 좋아하지만, 순간 그런 건 아무 의미가 없어졌다. 적힌 이름이 같아서 사 왔다는 말 하나로 나는 그 맥주만 보면 웃는다. 이젠 어디 가면 그 맥주를 가장 먼저 찾는다.

기차의 큰 소리가 무서워 눈을 질끈 감는 버릇이 있다는 글을 쓴 적이 있다. 언젠가 그 글을 읽은 한 친구와 기차 여행을 가게 되었는데, 생각보다 역에 일찍 도착하는 바람에 우리 앞으로 지나가는 몇 대의 기차를 고스란히 목격해야만 했다. 친구는 큰 소리를 내며 기차가 지나갈 때마다 내 귀 가까이에 입을 가져다 대며, 오늘 뭐 먹을까, 너 오늘 예쁘다, 이 바보야, 와 같은 생뚱맞은 말들을 던졌다. 다정한 게 어색해서 던졌을 최선의 문장들이었다. 이제 나는 기차만 보면 그 애 생각이 난다.

　어떤 이의 배려에 관한 설명을 듣지 않아도 알아채게 될 때마다 행복해진다. 나는 둔하지 않아서 눈치채지 못할 일도 별로 없으니 언제까지나 그 배려를 먼저 발견하고 싶다. 저 사람 방금 한 말, 내가 아플까 봐 먼 길을 돌아 뱉었겠구나. 어, 저 아이 지금 궁금하지만 나에게 상처가 된 기억일까 봐 묻지 않고 기다리는구나. 저 친구 내가 비 오는 날을 싫어한다는 걸 알아서 내일보단 내일모레 만나는 게 낫겠다고 말하고 있구나.

"굳이 생색내지 않아도 네가 알아주니까 자꾸만 조용하게 감동시키고 싶어. 먼저 알아줄 때 진짜 짜릿하다?"

나를 깊게 거쳐 간 사람들은 종종 내게 이렇게 말한다. 다른 사람이었으면 그냥 넘길 일을 나는 항상 짚어준다고. 이거 배려 맞지? 고마워, 사랑해, 라며 표현해 주니 자꾸만 다정해지고 싶다고. 나에게 그 사람이 좋은 사람일 수 있던 것에는 놓치지 않고 알아주는 나의 능력도 한몫 하나 보다.

세상에는 더 다정한 사람과 덜 그런 사람이 당연히 따로 존재하나, 그 다정함을 티 내지 않아도 알아줄 사람이 가까이에 있는지 없는지도 중요하다. 왜, 초등학생 때 교실 바닥에 떨어진 쓰레기 그냥 줍고 집에 가도 뿌듯했지만, 그걸 선생님이 알아주셨을 때 더 행복했던 것처럼. 묵묵히 한 행동도 누가 알아주면 좋으니까. 말하지 않은 내 배려를 눈치채 주는 일은, 그렇게 '나 너한테 이만큼 관심 있다'라고 말하는 것 같은 애정을 느끼게 해주니까.

다정함이 좋은 이유는 나를 그냥 보아서는 할 수 없는 일이니까. 내가 어떤 것을 좋아하고 어떤 습관이 있고, 지금 나에게 어떤 게 필요한지 자세히 관찰해야 도울 수 있는 영역이니까. 그건 분명한 애정이니까. 한 사람에게 소중한 사람이 된 것만 같은 기분이 들어서.

누군가가 나를 좋아하면 아빠처럼 날 대해줬으면 좋겠다. 한없이 섬세했으면 좋겠다.

나도 늘 그런 사람일 테니.

## 이별의 수용

더 좋은 사랑이 올 겁니다

빛나는 사람이었지만 내 인연은 아니었나 보다

더 괜찮은 사람이 올 때 놓치지 말라고

저 사람은 제 타이밍에 떠났나 보다

이렇게 생각하면 조금 낫겠습니다.

옛날 것

지금이 행복하지 않을 때마다 나오는 습관이 있다. 좋았던 시절 앞을 기웃거리는 거. 좋았던 때가 그리워서. 본다고 나아지는 것도 없는데. 그때와 비교하며 더 괴로워하는 나만 보이는데.

엄마 아빠가 보고 싶어 어릴 적 가족사진을 들여다본다. 왠지 변해버린 우리의 연락 방식이 생각나 우울해졌다가, 사랑이 뜨거웠던 때의 문자 내용을 수백 번 다시 찾아 읽는다. 초등학생 때 받은 손 편지를 꺼내니 그리운 얼굴과 순간들이 스쳐 지나간다. 그렇게 아무 생각 없이 추억을 회상하다가 곧 슬퍼진다. 요즘 나는 그렇게 자꾸만 옛날 것을 끄집어내 보다 운다.

사는 게 버거워서 과거를 찾아가는 일이 없으면 좋겠다. 시간이 지나 변해버린 어떤 것들에 가슴앓이할 일이 없으면 좋겠다. 과거보다 더 나은 현재를 살아가고 있다고, 지금이 벅차도록 행복해서 좋다고 말할 날이 왔으면 좋겠다.

유한성

한 달 정도를 병실에 출근하듯 들르던 때가 있다. 6인실이었고 빈자리는 없었다. 대부분의 환자가 죽음을 앞두고 있다는 얘기를 들었지만 첫 일주일은 실감을 못 했다. '오늘 가면 어쩌나', '난 내일 죽을 거니께 말리지 말어.' 이런 얘기를 웃으면서 하시니 그럴 수밖에 없었다. '아 왜 또 그런 말씀을 하시지?'하며 사 온 간식을 나눠 드리는 게 내 최선이었다.

병원에 있는 동안 정말 많이 이별했다. 평생 한 이별 다 합해도 그 한 달을 이기지 못할 거다. 죽음에 관한 농담이 아무렇지 않게 오간다. 가족분들 꺽꺽 우는 소리 혹은 한

껏 예민해진 상태로 다투는 소리가 좁은 공간을 채운다. 잠시 어디 다녀오면 빈 침대가 되어 있기도 했다. 나는 그게 무서웠지만 병실에서는 이런 것들이 일상이다.

어제까지만 해도 인사를 나누던 할머니를 이제 다시 볼 수 없어졌다. 이럴 줄 알았다면 오늘은 제발 일찍 주무시라고 잔소리하지 말걸. 눈이 정말 예뻐서 '너 눈이 꼭 별 같다!' 하니 환하게 웃던 여섯 살 남자애, 그 꼬맹이가 밤사이에 진짜 별이 됐단다. 이럴 줄 알았다면 땅에 있는 걸 닮았다고 할걸. 옆 침대 아줌마는 딸기가 먹고 싶대서 좋아하던 딸기 잔뜩 사 왔는데. 하루를 못 버티시고. 이럴 줄 알았다면 새벽 내내 온 동네를 뒤져서라도 딸기 케이크를 만들어 갈걸….

그때부터 무슨 의미가 있나 싶었다. 누구는 하루 더 살고 싶어도 못 버틸까봐 불안에 떠는데. 다시 만나고 싶은 사람의 이름만 불러대다 주르륵 우는데. 연말마다 쇼케이스를 빼곡히 채우는 흔하디흔한 딸기 케이크. 그걸 먹어보는 게 마지막 소원이라더니 먹지도 못하고 갔는데.

죽는 것도 아니면서 나를 떠나겠다 선언한 사람 때문에 초라해졌던 그 시간이 무슨 의미가 있을까.

우린 안 맞아, 더는 설레지 않아, 취업 준비하느라 바쁘다, 이제는 사랑만 보고 살기 어려워 등의 이별 핑계가 우스워 보이기 시작했다. 슬픈 건 정상이지만 네가 아니면 안 될 것 같다며 구차할 필요는 정말 없는 거다. 죽음 앞에서는 다 먼지 같은 일이다. 이걸 알게 됐을 때 느꼈던 고통의 허무함이란.

죽음보다 두려울 일이 없다는 것을 배우니 이런 생각도 들었다. 나는 괜한 것에 겁을 먹고 망설였다고.

손을 들고 발표하는 것은 부끄러운 게 아니라 똑똑한 일이었다. '내 생각은 달라요' 말하는 것에 겁먹을 필요가 없었다. 다투고 먼저 손 내미는 것은 더 사랑하기 때문이지 지고 이기는 문제가 아니었다. '네가 그런 일을 한다고?'라는 사람들의 말에도 하고 싶은 일을 해 나가는 게 성공의 필요조건이었다.

매번 비슷한 실수를 한다. 그런 게 싫어 나를 확 바꿔도 봤다. 책장에 수두룩 **빽빽** 쌓인 신년 다짐과 월간 계획표가 그 증거다. 그러나 완전히 반대 방향으로 달려봐도 아쉬움은 존재했다. 심지어 전혀 예상하지 못한 새로운 아쉬움이라 더 어려웠다. 후회는 불가피하구나.

완전한 인간이 되는 것은 거의 불가능한 일이다. 그러니 남에게 피해를 주거나 스스로 부끄럽지 않은 선에서 하고 싶은 선택을 하겠다는 것이다. 죽을 일이 아니니 보내주는 거고 죽을 일이 아니니 용감해져 보는 거다.

가지고 있는 겁을 절반으로 줄이기로 한다. 그 마음을 갖고 하는 선택만으로 죽기 전 떠오르는 후회 같은 것이 약간은 줄어들지 않을까 싶어서. 지금도 잠에 들기 전마다 그날 하지 못한 말을 중얼대는 내 모습이 싫은데 할머니가 되어서도 이런저런 후회를 하느라 허송세월 보낼 것을 생각하면 벌써 머리가 아프니까.

삶 정말 짧다. 사사로운 이별에 아파할 때가 아니다.

망설일 때는 더욱 아니고.

## 시간이 뭐라고

절대 미화하지 않겠다고 다짐한 기억들이 가끔 하나둘씩 흐려진다. 안 되는데. 안 되는데. 얼마나 아팠는데 그 기억이 흐려질까. 왜 수면으로 오른 건 좋은 추억뿐일까. 괜찮아졌다고 말한 적도 없는데 시간이 뭐라고 나 대신 그 사람을 용서할까. 아무리 그래도 용서하면 안 될 일만큼은 지켜. 흔들리지 마. 절대 마음 약해지지 마. 그 사람을 용서하면 너는 너를 버리는 거다. 오늘도 혼잣말만 한다.

## 엄마 마음

초등학생 때, 교과서를 안 가져온 사람은 수업 내내 뒤에 서 있어야 하는 이상한 규칙이 있었다. 지금 생각하면 너무 못된 훈육법이지만 그땐 그게 당연했다. 부끄러움이 많았던 나는 그런 벌을 받는 상황이 싫어 교과서나 준비물을 꼭 챙겨갔었는데 딱 하루 〈말하기 듣기 쓰기〉 책이 없이 학교에 간 날이 있었다.

"책 안 가져온 사람 뒤로 나가."

선생님의 말씀에 친구들의 눈치를 보다 교실 가장 뒤로 나갔다. 수업은 시작됐고 나는 맨 뒤에 서 있었기에 선생님이 칠판이나 모니터를 보고 계실 때 나를 볼 수 있는 사람은 한 명도 없었다. 창피하다, 집에 가고 싶다, 속상하다, 그런 이런저런 감정이 뒤섞여 얼굴을 붉혔던 것까지는 기억이 나는데 거기까지였다. 눈을 떠 보니 교실 뒷바닥에 나는 누워 있었고 친구 두 명과 선생님이 내 몸을 주무르고 있었다. 이런 일이 있었다는 소식을 전해 들은 엄마는 나를 병원으로 데려가셨다.

의사 선생님이 진단하신 나의 병명은 뇌전증이었다. 뇌신경세포가 일시적으로 이상을 일으켜 발작하는 병. 그 덕에 난 열아홉 때까지 무리한 운동을 하는 수업에서 늘 제외권이 있었고, 가족들도 내가 스트레스받을 일을 만들지 않으려 했기에 힘든 일과는 거리를 두고 살았다. 학년이 바뀌어도 담임선생님과 가장 가까운 자리는 늘 내 차지였고, 체험학습에 가는 날이면 친구들도 내 옆에 붙어 나를 챙겼다. 사랑으로 찬 관심을 받는 것은 물론 좋았지만, 아파서 그런 거라는 점은 너무 아팠다.

몇 달에 한 번씩 병원에 가서 머리에 이상한 선들을 꼽

고는 누워서 검사를 받았다. 수면 뇌파라는 검사 방식이었는데, 나는 그게 너무 무서웠다. 아프지도 간지럽지도 않았지만, 압박감이 너무 컸달까. 잠에 든 후의 뇌파를 체크하는 일이기에 그날 내가 잠들지 않으면 날 기다린 사람 모두 아무것도 얻지 못하고 제자리로 돌아가야 했다. 담당 선생님도 날 기다리는 엄마도 몇 시간을 기다리다 다음을 기약했던 적도 있다. '오늘은 안 되겠네요. 다음에 뵐게요.'라는 얘기가 내 귀에 들리면 그날은 너무 슬펐다. 다른 누구도 아닌 나 때문이었으니까.

몇 번의 실패 끝에 노하우가 생겼다. 수면 검사가 있기 하루 전날이면 엄마는 나와 함께 밤을 새워 주셨다. 지금은 시간이 많이 지났기에 그날의 기억이 그렇게 잘 나지는 않지만. 그런 날은 정말 검사를 잘 끝냈다. 물론 한두 번은 여전히 긴장되었는지 잠에 들지 못했지만, 함께 잠을 참고 병원에 간 날엔 너무 늦지 않게 잠에 들 수 있었다.

엄마는 얼마나 피곤했을까. 같이 잠을 참고 검사에 가면 결국 내가 먼저 잠에 들고 엄마는 나를 기다렸을 텐데. 돌아보면 엄마는 내가 두려워하던 상황에 금방 지치거나 외로워하지 않도록 늘 함께 해주셨다. 초등학교에 들어가기 전 한자 자격증을 따 놓으면 좋다며 언니와 나를 가르치시던 게 기억난다. 엄마는 늘 우리보다 먼저 그걸 공부해 오셨다. 우리가 급수를 높이는데 자신감을 잃지 않을 수 있도록 함께 자격증 시험을 치르셨다. '엄마는 벌써 4급이야. 딸도 할 수 있지?' 그러면 뭐든 할 수 있을 것 같다는 용기가 생겼다.

한글을 배울 때도, 한자나 컴퓨터 자격증을 딸 때도, 그렇게 싫던 영어나 수학을 공부할 때도, 방학 과제로 재활용품을 활용해 멋진 모빌을 만들 때도, 준비물을 안 가져올 때도, 원어민 선생님과 전화하는 영어통화 시간이 늘 싫었을 때도, 내 옆엔 늘 엄마가 있었다. 비가 오는 날 학교가 끝난 나를 데리러 우산을 쓰고 오셨지만 다정하지 못했을 때, 내 실수로 무언가를 놓쳐놓고 엄마를 원망하며 엉엉 울 때 같은. 이렇게 말한 적 없지만 내가 정말 많이 후회하던 날들에도 엄마는 늘 내 옆에 있었다. 나를 절대 혼자 두지 않으셨다.

뇌전증 약은 고등학생이 되어서도 먹었다. 그러다 고등학교 2학년 때는 공황장애가 와서 또 고생했지만. 그것도 결국 잘 이겨냈다. 성인이 되어서도 몇 번 그랬다. 숨을 쉬지 못할 만큼 힘들었다. 그래도 남들은 잘 살아내는데 나는 왜 이러는지. 약해 빠졌다는 소리 따위 듣기 싫은데. 그래도 잘 버텨 이만큼의 내가 되기까지는 한 사람의 덕이 가장 선명하고 짙었다.

내가 잠들 때까지 검사실 바깥에 앉아 기다리신 거, 몇 번 떨어지던 자격증 시험에도 날 격려하고 또다시 시험장에 버스를 타고 바래다주시던 거, 비가 오는 날 학교 앞에서 우산을 쓰고 언제 나올지 모르는 나를 기다려 주신 거, 내가 다시 건강한 사람이 되기까지 필요했던 10년을 애쓰신 거, 철이 들어 모진 말하지 않는 딸이 되기까지 인내해 주신 것들이 이제야 보인다. 엄마의 기다림은 사랑이었다.

살다가 너무 힘들 때, 어릴 적 엄마와 함께하던 장면들을 떠올리면 조금 낫다. 어느 길로 가야 할지 감도 오지 않을 때, '엄마' 이 두 글자 속으로 외치는 것만으로 갈피가

잡히기도 한다.

글을 쓰며 많은 사람을 웃게 하고 울리는 나지만 집에
돌아가면 여전한 막내딸이다.

다 컸다 생각했지만 늘 어렸고 늘 부족했고 여전히 혼자
서는 겁이 많다. 그래도

내 마음의 폭이 열여섯 뼘 정도 더 자랐을 때, 엄마 앞에
앉아 이렇게 물어보고 싶다.

엄마 나 잘 컸지?

엄마 딸 자랑스럽지?

## 뱉어버린 진심

"마음에도 없는 말이었어."

아니 나는 잘 모르겠어
마음에도 없는 말을 뱉을 수 있을까?
진심이든 아니든
언젠간 한 번은 품었던 말이라
뱉을 수 있던 거지
그건 결국 네 마음에 있던 거지
갖고선 숨기고 있던 말이지

아주 없다면 꺼낼 수도 없었겠지

## 나를 믿어 봐

감정은 항상 최고치를 경신하지. 이보다 더 사랑할 수 있나 싶었는데 당연히 가능했고 이보다 아플 수 있나 생각 했는데 더 고통스러운 날 오더라. 이렇게 재수 없을 수 있 냐며 세상을 탓했는데 그런 날은 또 있었어.

좋은 일 올 때마다 이렇게 말하고 있어. '정말 이 꿈을 이 루기 위해 방황했나 봐.' '와 이렇게 멋진 일출을 보려고 밤 을 새웠나 봐.' '내가 당신을 만나려고 힘들었나 봐요.'

그냥 넘기지 않고 고생했다고 해주는 거야. 50만큼 웃을 일에 괜히 100을 웃어 버리는 거야. 나쁜 일보다 좋은 일에서 더 커다란 액션을 취하는 거야.

사소한 일이라도 커다란 걸 해낸 듯이 칭찬해 주는 거지. 내가 정말 대단한 사람이 된 것 같은 느낌이 들게. 정말 아픔이 있었기에 이 선물을 받게 된 것 같다는 느낌이 들게.

그리고 정말일 걸? 이 모든 건 좋은 날을 맞기 위한 준비일 거야.

발을 떼야
비로소 보이는 것들

떠나야만 보이는 것들이 있습니다
후회와 미안함 그리고 소중함입니다

하지만 그것들은
멀어질수록 선명해지는 것들이라
가까이서 볼 수 있는 사람은 많지 않죠

그 사실이 가장 원망스러울 겁니다
떠난 사람도 떠나보낸 사람도

좋은 이별

"마지막으로 한 번만 안아주면 안 돼?"

알겠어. 네 마음 어떤지 알겠어. 우리가 이걸 돌릴 수 없다는 것도 이제는 알겠어. 대신 사랑하는 동안에는 정말 나를 사랑한 게 맞았다고 확인시켜 주라. 나 정말 잘했다고 확인시켜 주라. 이런 마음에서. 나 한 번만 안아주고 가. 그렇게 잔잔한 떼를 쓰는 일.

## 세상 참 너무해

아닌 경우도 정말 드물게 있지만, 냉정하게 봤을 때 나쁜 사람들이 더 잘 산다. 마음이 독해서일까? 힘든 일 정도는 아무렇지 않게 넘기기 때문일까? 선한 사람이 탄 배는 파도 한 번에 난파하는데, 그게 다 낫기도 전에 또 비바람이 몰아쳐 운행을 중단한다는데. 마음이 못된 사람에겐 웬만한 폭풍우에도 흔들리지 않는 배라도 있는 건가요. 그 배는 어디에서 살 수 있나요.

권선징악, 인과응보라는 말이 예전엔 좋았다. 믿어 보고 싶은 마음이 들어서. 하지만 소수의 경우 말고는 그런 게 정말 있는지 모르겠다. 아파도 잘살아 보려는 사람에게 또

한 번의 비극이 왔다는 게 가슴 미어진다. 한 사람에게 최악의 기억을 준 이가 사람들의 사랑을 받으며 살아갈 직업을 가졌다는 게 슬프다.

왜 이렇게 불공평하죠? 실수 이런 거 말고, 명확한 상처를 준 사람들이 꼭 돌려받게 해주세요. 아무렇지 않게 살아가면 남은 이는 어떻게 살아가나요. 그 사람들에게도 좋은 일을 주세요. 견딜 힘을 주세요. 선한 사람에게 '그래도 세상은 당신의 편이에요.'라고 알려주세요. 곧 해가 뜬다고 말해주세요.

## 호불호

좋아하는 것보단 싫어하는 것의 코드가 잘 맞으면 좋겠다. 좋아하는 것은 사랑만으로 따라가고 싶어지기도 하지만 싫어하는 일은 아니니까. 난 살면서 이런 사람이 싫었어요, 이 행동은 용납이 안 돼요. 왠지 떳떳하지 못해 보이지 않아요? 이런 말 주고받으며 어쩜 이리 비슷하냐며 놀라고 싶다. 누구도 '난 그것까진 아닌 것 같아' 말하지 않는 대화. 좋아하는 것을 한껏 좋아하는 만큼 싫어하는 일에도 엄격한, 또 그런 일에는 관심조차 두지 않고 잘 살아온 사람들을 곁에 두고 싶은 욕심이다. 가끔 어떤 문제로 다투기야 하겠지만 적어도 참아야 할 일, 이해해야 할 일, 용서해야 할 일은 없으면 좋겠다. 그게 닮은 사람들을 만나야 덜 아플 것 같다.

우리

"미안해하실 필요 없어요! 앞으로도 잘 부탁드려요, 우리 작가님."

원고 작업이 늦어져 죄송하다는 말에 편집자님은 이런 답장을 주셨다. 괜찮다는 말씀만으로 감사했지만 난 그 뒤에 붙은 '우리'라는 말이 참 좋았다. 친구를 만나러 버스를 타고 가다가 그 문자를 보며 한참을 미소 짓는다.

좋은 순간은 캡처해 두는 습관이 있기에 캡처 후 바로 답장을 했다.

"우리 작가님… 이라는 말이 너무 좋아요. 열심히 해서 보내겠습니다. 좋은 하루 보내고 계세요!"

이름 앞에 붙는 우리라는 말은 어느 순간부터 당연하게 느껴졌다. 우리나라, 우리 집, 우리 딸, 우리 엄마, 우리 아빠. 이렇게 나와 연관된 것들에는 우리라는 말을 붙여 부른다고 배워서.

텍스트로 봐서 그런가? 아주 가까운 사이는 아직 못되더라도 소중하게 여기는 대상의 범주에 든 것 같다는 기분이 들었다. 누군가가 나를 아낄 때만 붙일 수 있는 말 같아서. 두 글자 더해졌을 뿐인데 한 사람의 신뢰와 지지를 받는 기분이 드는 게 신기했다.

그러고 보면 살면서 나에게 우리 여름이, 우리 작가님, 우리 딸, 이렇게 우리라는 말을 앞에 붙인 사람들은 모두 나를 의심하게 한 적이 없었다. 그 말이 더 다정하게 느껴지는 이유 중 하나겠다. 행동만으로도 그런 마음을 느끼게 해주는 사람들의 입에서 나온 말이니까.

'사랑해'라는 직접적인 표현 대신 어떻게 사랑을 전할 수 있을까 자주 고민한다. 나는 그걸 말로도 충분히 많이 하지만 행동으로 보여주는 것도 좋아한다. 또 그런 낭만적이고 특별한 것들에 의미를 두니까. 뱉은 약속은 사소한 것이라도 지키기, 잠자리에 들기 전에 하루도 빠짐없이 잘 자라는 말을 건네기, 절대 먹지 않던 가지나 애호박도 맛있게 먹기.

오늘 한 가지 방법을 더 찾았다. '우리'라는 말을 앞에 붙이는 거.

그 말 하나 들었다고 감정의 정도에 차이가 생긴다. 함께하는 모든 일 정말 잘 해내고 싶다. 도움 되고 싶다. 더 오래 옆에 남고 싶단 욕심도 부푼다. 당신의 사람이라는 것이 자랑스러울 만큼 괜찮은 사람이 되고 싶어진다.

사소한 방법으로 남에게 애정을 주는 사람들이 좋다. 그런 건 타고난 섬세함인 것 같아서. 같은 말이라도 상대방의 마음을 편하게 해주는 사람들. 길지 않은 문장에도

'당신을 아낍니다.' 표현할 수 있는 대단한 능력을 갖춘 사람들.

## 행운 내기

'당기시오'라 적혀 있는 문을 밀어서 여는 게 싫다. 실수로 밀고 들어가면 '미안하지만 문 좀 다시 열자⋯.'라고 말하며 친구 팔을 잡고서 '당기시오'에 맞게 들어갈 정도로. 또 아무리 사람 없는 새벽 좁은 도로라 해도 빨간불에 건너기는 싫다. 차 한 대 없는 도로, 날 보는 사람 없어도 기다렸다가 초록 불로 바뀌었을 때 천천히 건너고 싶다. 그러다 별과 달이 보이면 그게 밝든 어둡든 멈춰서 소원을 빈다.

하루는 오래된 식당에 갔는데 젓가락 짝이 다 안 맞는 거다. 얼마 전 재밌는 이야기가 생겼다며 재잘거리는 친구의 얘기를 들으며 만지작거리다가 끝나자마자 옆 테이블 수저통을 열어 본다. 뒤적뒤적하니 제 짝이 있다. 겨우 찾 았다!

내 말을 잘 듣긴 했냐며 째려보는 친구에게 '아니 미안. 다시 해줘. 히히' 하며 짝이 맞는 젓가락을 건넨다. 못 말린 단 표정으로 친구는 웃는다. 너는 참 이상한 고집이 있다 며. 피곤하게 산다며 머리를 짚는 시늉도 한다.

'그럼, 짝짝이 젓가락 만들어 줄 테니까 넌 그렇게 쓸래? 오늘 하루 영 찝찝할 수 있는데 괜찮겠어?' 하며 젓가락을 뺏으려 하면 친구는 꽉 쥐어 품으로 가져간다. 오늘은 한 번 믿어 보겠다며.


나는 이런 걸 맞춰 놓을 때마다 기분이 좋다. 물론 어떤 사람은 번거로운 일이라서 신경도 안 쓸 거다. 밀든 당기든 팔이 덜 아픈 쪽이 편하긴 할 거다. 사람도 차도 없는 새벽 횡단보도라면 그냥 건너야 집에 빨리 갈 수 있다고 생각할 거다. 별은 그냥 별, 달은 그냥 달인 사람도 있을 것이다. 젓가락도 집히기만 하면 되는 사람이 있겠지. 하지만 나는 그냥 넘어가는 법이 없다. 그리고 나는 이런 내가 좋다.

내 방식의 삶이 나름 재밌다. 믿어보고 싶은 게 자꾸 생겨서. 하나 잘되지 않더라도 다음번 내기의 결과를 기다리느라 좌절할 틈이 없고 좋은 일이 올 거라는 생각 하나로 설렐 수 있어서. 혹여나 멋진 기회가 생기지 않더라도, 아무 기댈 걸지 않고 재미없게 살아가는 것보단 좋더라. 가끔은 뭐든 할 수 있는 사람이 된 것 같기도 하고.

사는 게 힘들 때 이런 방법을 찾아 보는 게 어떨까? 나 혼자 하는 게임 같은 것. 예를 들면 오늘은 횡단보도를 건널 때 하얀색 칸만 밟는 거다. 성공하고 나면 나는 오늘 세상에서 가장 운이 좋은 사람인 거지. 집에 가는 길에 노란색의 꽃을 하나 찾는다면 난 이번 주 내내 행복할 거다. 집에 거의 도착했을 때 나오는 노래의 가사가 이번 주의 내 기분인 거다. 그러면 얼른 플레이리스트 정리를 한번 해야겠지?

소소한 나름의 이벤트들이, 그런 식으로 하루에 한 번 이상은 당신을 웃게 했으면 좋겠다. 말 나온 김에 오늘 이상하게 기분 좋았던 것들을 정리해본다.

1. 당기시오 문을 당겨서 열 명의 문을 잡아드린 거

(그 사람들 모두 오늘 하루 운 좋은 날이 될 것 같아서)

2. 내가 가장 좋아하는 토끼 그림을 집 가는 길에 세 번이나 본 거

3. 그 중 한 마리는 네 잎 클로버를 들고 있던 거

4. 신호를 기다리다 건너편 아저씨와 눈 마주쳤는데 약속한 듯이 서로 활짝 웃은 거

5. 밖에서 밥을 두 번이나 먹었는데 옷에 아무것도 흘리지 않은 거

6. 엘리베이터가 십 초 안에 도착했으면 좋겠다 싶었는데 딱 1층에서 나 기다리고 있던 거


다시 생각해봐도 행복해지는 기억들이다.

비밀스러운 꿈

꿈이 뭐냐는 질문에 솔직하지 못한 적이 많다. 사람들에게 박수받는 배우가 되고 싶었지만, 아이들을 가르치는 교사가 되고 싶단 얘기를 했으니까. 결혼을 일찍 해서 좋은 아내와 엄마가 되는 게 꿈이었지만, 주체적이지 못한 삶을 살고 싶냐며 간섭하는 사람들이 지겨워 그냥 내 일이나 잘하는 게 목표라며 넘길 때가 많았으니까.

이상하게 꿈을 물으면 당당하게 말하는 게 어렵다. 어렵다기보단 어려워졌다는 표현이 맞겠다. 나이를 먹을수록 그랬다. 혹시 질문한 사람이 그 일에서 나보다 더 큰 재능을 가지고 있을까 봐. 그럼 내가 작아지니까. 아니면 말만 늘어놓았다가 부족한 실력에 이루지 못해 창피할 것 같아서. 그건 이제 공식적인 실패가 되는 거니까. 그렇게 꿈에 관한 질문이 들어오면 그 자릴 피하고 싶어질 때가 많았다.

하지만 지금에서야 생각해보는 건데, 어디에도 말하지 못하면 언제 이룰 수 있을까? 나의 능력과 가능성을 억누르고 있던 건, 결국 그 누구도 아니고 나 자신이 아니었을까?

최근 만나게 된 사람들에겐 슬쩍 마음을 털어놓는다. 음악을 배워 언젠간 아빠를 위한 곡을 만들어 선물하고 싶다는 말, 내 이야기를 다양한 형태로 알리고 싶다는 말, 꽃과 커피와 글같이 내가 사랑하는 것에 파묻혀 사람을 맞이하고 싶다는 말. 이 말을 하면, 누구도 웃지 않는다. 오히려 나보다 차분히 얘기를 듣다가 한 마디 던지는 게 모두 같다. 너답다. 갑작스러운데, 너는 또 잘할 것 같아.

올해가 가기 전에 새로운 일에 도전하려 한다. 지금 하는 작업이 끝나 봐야 알겠지만 앞에 적은 것 중 하나는 무조건 제대로 시작하고 싶다. 시간이 조금 걸려도 시작해 본다면 앞으로 올 무슨 일 앞에서든 용기가 생길 것 같다. 나는 이렇게 가본 적 없는 길에 발을 놓을 때 가슴이 뛴다.

어떤 사람이 아무리 실현 어려울 꿈을 꾼다 해도 그 길을 응원해 주고 싶다. 비웃음 따위는 하나도 없이 그러고 싶다. 그런 사람이 오히려 멋진 거다. 모두 가는 쉬운 길 택하는 사람보단 증명되지 않았거나 가는 법이 공유되지 않은 길같이 불확실한 것들을 모험하는 사람이 더 궁금하다. 그리고 오래오래 그 삶에 대해 듣고 싶다. 어떤 인생을 살았으며 어떤 경험이 그런 꿈을 꾸게 했는지, 그렇게 용감할 수 있게 했는지 대화 나누고 싶다.

꿈이 큰 사람이 좋다. 그런 사람 옆에 있으면 나도 하나 씩 꺼낼 수 있을 것 같다. 말로 하나하나 꺼내다가 커지는 마음 못 참아 이루고 싶어질 것 같다. 큰 꿈 아니더라도 기쁘겠다. 그 사람 옆에 평생 남아 있고 싶겠다. 그 사람 꿈도 이뤄주고 싶어지겠다.

당신 남몰래 꾸는 꿈이 있다면 꼭 이뤄지길.

나는 오늘 그 꿈이 이뤄지면 좋겠다는 꿈을 꾸며 잘 테니.

## 감정에 속고 후회하고

풍선을 쥐고 공원을 걷던 어릴 적이 떠오른다. 풍선을 대충 쥐고 있다가 다른 데 정신이 팔려 놓쳐버려서 울었던 기억. 그러고 보니 내가 이루고 싶었던 것들은 풍선을 닮았다. 완전히 내 것인 것 같아 적당히 잘 잡고 있었지만 사실은 늘 긴장했어야 하는 것들. 그러다 한번 놓치고 나면 너무 멀리 날아가 영영 볼 수 없게 되는 것들.

## 좋게 헤어지고 싶은 마음

어떤 관계에서든 되도록 좋게 헤어지려고 하는 경향이
있다.

'좋은 헤어짐'을 위해 참는다. 순간의 감정에 보내던 시
간까지 아무것도 아닌 것으로 만들기 싫어서. 그럼 너무
억울하니까. 동전을 조심스럽게 쌓아 올리다 코 끝쯤 왔을
때 무너지면 그만큼 아쉽고 속상한 게 없었으니까. 그런
실수하기 싫어서 끝까지 견딘다. 결국 다시 지갑이나 저금
통에 들어가 버리고 말 것들이지만, 그래도 마지막 모습은
예쁘고 완벽하길 바란 것 같다.

"너 그거 다 착한 척인 거야. 끝난 사이에 무슨 그런 걸 신경 써?"

친구의 말에 상처받은 적도 있었지만, 이해는 간다. 분명 나는 착한 사람에 대한 고집이 있다. 헤어지면 남인 건데. 그 사람이 누굴 만나고 어디에서 뭘 하든 할 말 없는 건데, 난 끝이 나고도 그런 걸로 서운해했다.

그동안 나는 나를 돌보지 않았던 것 같다. 사랑했던 만큼 좋은 사람으로 기억되고 싶어서. 그래야 덜 억울할 것 같아서. 공들인 관계가 더 유지될 수 없다는 사실에 받은 상처와 시간, 한참 지나서라도 사과받으면 마음이 좀 나아서. 내 사랑이 틀리지 않다는 것을 증명받는 것 같아서. 돌이킬 수 없는 시간에라도 '넌 정말 좋은 사람이었어.'라는 말을 듣고 나면 마음이 편안해지는 거다.

고칠 수 있을까? 아직 모르겠다. 정말 사랑한 사람이라면 이별조차 아름답고 싶다. 그래도 나 사랑했지? 하며 확인받고 싶다. 그럴 일 많이 없다면 좋겠지만 누군가 나와 이별하게 된다면 나만큼 헤어짐을 아쉬워해 줬으면 좋겠다. 이별을 애도해 줬으면 좋겠다.

마지막은 좀 아름다우면 안 될까?
정말 사랑했는데 말이지.

## 물러나는 법

여름철 물놀이 때마다 보는 장면이 있다. '물러나세요!' 하며 호루라기를 부는 안전요원과 눈치를 보며 안쪽으로 들어오는 사람들. 그러나 그들은 다시 슬금슬금 부표를 넘는 위치로 가서 논다. 그쪽에서만 느낄 수 있는 스릴을 이미 맛봤기에 얕은 물은 이제 시시한 거다.

앞으로 가는 일은 쉽지만 뒤로 물러나야 할 때를 받아들이기는 늘 어렵다.

날 함부로 대하는 그 애와의 연애를 중단할 용기가 없었던 건 무너짐에 대한 두려움 때문이었다. 나에겐 연애를 시작하기까지 많은 고민 섞인 걸음이 필요했으니까. 겨우 온 길을 돌아가는 게 아까웠다. 하지만 더 최악으로 치닫기 전에 멈추는 게 맞았다. 늘 한참을 와버리고 나서야 그걸 깨닫는다. 버티고 애써봤자 빛은 볼 수 없다.

이상하게 한 번 얻은 자극은 포기가 안 된다. 이번 연애도 틀렸다는 것을 인정하는 게 왜 이토록 싫을까? 사랑이 아니라 오기일 텐데. 분명 좋아하지만 내가 잘하는 일은 아닌데 왜 놓아주지 못하고 있나. 저쪽까지 가면 위험하다는데 왜 그런 곳에서 더 큰 쾌락을 느끼나.

중학생 때부터 방송국에서 일하고 싶다는 막연한 꿈이 있었다. 고등학교 3년 내내 방송부 활동을 한 것도 어릴 때부터 좋아하던 일이라는 이유가 컸다. 하지만 언젠가부터 전공이 나와 안 맞는다고 느끼기 시작했고 그럼에도 나는 그 전공을 오랫동안 놓지 못했었다. 이미 멀리 온 후였기 때문이다. 하지만 결국 나는 길을 틀었고 그 선택을 후회하지는 않는다.

내 일이라 철석같이 믿고 있던 것들이 사실은 내 것이 아님을 인정하는 게 어렵다. 해도 해도 안 된다. 인생은 내 비게이션을 켜고 아주 익숙한 동네를 달리는 것 같다. 가끔 내 선택이 틀렸다는 안내를 받아도 무시하게 되는 거지. 내가 더 잘 아는데. 내가 맞을 텐데. 그러나 너무 방심한 순간마다 나는 길을 잘못 들었다. 맞는 길을 찾는 데 쓴 시간이 늘 길었다.

'돌아가세요.'라는 사인이 오면, 힘들겠지만 원래 자리로 돌아가야지. '멈추세요.' 하면 억울해도 잠시 가만히 서 있어 봐야지. 모든 안내 무시하고 내 방식대로 추진했을 때 '경로를 이탈했습니다.' 소리가 자꾸만 들린다면, 듣기 싫어도 알려주는 길로 가 봐야지.

어쩌면 더 무너지기 전 인생이 나를 도와주는 신호일지 모른다.

물러날 때 물러나고 인연은 여기까지임을 인정하는 것도 미덕이겠다.

# 흔들리지 마

열심히 준비하던 일이 잘 안되었을 때
사랑하는 사람이 떠나갔을 때
내가 할 일은 나를 포기하지 않는 거다

자책하지 않아야지
슬플수록 독하게 살아야지
나를 떠난 일과 사람이 후회하도록

그리고 그게 다시 돌아왔을 때
내 손엔 더 좋은 것들이 많이 쥐어져 있도록

언어의 온도

일 년 만에 만난 친구와 밥을 먹고 나와 카페 가는 길이
었다. 일하기 싫어서, 상사가 싫어서, 더워서, 추워서, 배
고파서, 뭐 이런 이유로 그 애는 온종일 투덜거렸다. 짜증
받이가 된 것 같은 기분이었다. 좋아하는 사람 한정으로는
한없이 관대한 나지만 그날은 조금 지칠 뻔했을 정도로 만
나는 내내 걔는 불평불만이었다.

"쟤는 성공할 수 없어…"
"저 새끼는 망한 거야."

이건 알게 된 지 얼마 안 된 사람에게서 들은 뒷담화 중

일부다. 심지어 그 대상은 모두 본인과 가장 가까운 사람이었다. 처음엔 당당한 모습이 좋았는데 가까이서 보니 거만함이구나. 이 사람 옆에 있으면 누가 날 괴롭히진 않겠다. 그렇게 합리화하며 버텼지만 어느 순간부터 무례한 태도는 날 향해있었다. 피폐해졌다. 결국 우리는 살면서 다시 마주치지 않기로 약속했다.

새로 알게 된 사람들만 있던 술자리도 있었다. 원래 나는 그런 자리에 안 나가지만 가끔 너무 다른 사람을 만나면 호기심에 지곤 한다. 그래서 덜컥 함께해 버리는 자리가 있는데 그 모임이 그랬다. 내가 속한 집단에서 오갔다면 즉석에서 관계를 마무리 지었을 수위의 대화가 오간다. 너희가 비정상일까? 내가 비정상일까? 그렇게 혼란스러운 시간을 보내다가 난 이 자리가 불편하다고 솔직하게 말한 후 집에 왔다. 그날 이후 그 사람들 안 본다.

언어의 온도라는 말이 한때 너무 유행해서 나는 일부러 쓰지 않았지만 요즘은 절실히 느낀다. 나와 함께할 사람은 언어의 온도가 비슷하면 좋겠다. 비슷한 언어를 갖고 있는 사람이라면 꼭 살아온 삶의 태도도 크게 다르지 않을 것 같아서. 말은 곧 그 사람이 살아온 인생이며 살아갈 길을 대충 그려지게 하는 힌트이기도 할 테니까. 이제는 그런 척 연기하는 것에도 약간의 눈치가 생겨서 나와 맞는 언어의 온도를 가진 사람들만 남기고 싶다.

내가 초등학생일 때 유행했던 실험이 있다. 양파를 심은 화분을 두 개 두고 한 양파에는 예쁜 말을, 나머지 양파에는 나쁜 말을 하는 거다. 그러면 나쁜 말을 한쪽의 양파는 잘 자라지 못하거나 썩어버린다는 건데. 그때나 지금이나 유사 과학일 뿐이라는 논란이 있지만, 말의 분위기가 나와 같지 않은 사람들과 있을 때마다 나는 양파와 나쁜 말이라는 키워드를 떠올린다.

말은 어떤 이의 마음에 닿아 새싹을 틔우는 거름이 되기도 하고, 잘 자라지 못하게 막아버리는 불씨 남은 담배꽁초 따위가 되기도 한다. 살아가며 우리가 할 일은 내 삶의 꽃을 피우는데 방해가 되는 꽁초나 쓰레기를 제때 줍는 것이다. 그런 것들은 장식용으로도 쓸 수 없다. 그런 환경에서 빠져나오지 못한다면 나는 절대 예쁜 꽃을 피울 수 없다.

말의 온도, 그 사람의 인생, 그 사람 삶의 태도.

알고 보면 다 하나로 이어져 있는 것들. 한 사람을 설명할 수 있는 요소들.

거의 다 왔어

    아빠 모임에 따라갈 때마다 언니와 나는 차 뒷자리에 늘
어져 있었다. 거의 잠을 자지만 딱히 잠이 안 올 때도 꼭
누워서 가는 게 습관이었다. 아빠를 재촉한다. 도대체 언
제 도착하냐며. 사실 나는 그렇게 힘들지 않았지만 매번
멀미가 난다며 엄마 아빠의 관심을 독차지하던 언니가 부
러워서 괜히 같이 얼른 도착하고 싶은 척했다. 투정 부리
고 싶어서.

    "어디야? 몇 분 남았어? 나 힘들어."

    그러면 엄마는 늘 '거의 다 왔어.', '코앞이야.' 얘기하신

다. 잠귀가 어두워 쿨쿨 자는 언니와 다르게 나는 곧 도착이라는 말에 설레 벌떡 몸을 일으킨다. 그때 창밖을 보면 늘 여전히 먼 것 같았다. 나를 잘 아는 엄마는 사이드미러로 나를 흘끔거리다가 '거의 다 왔다니까 그러네' 하며 진정시킨다. 보통 그 후로 5분에서 10분은 더 가야 정말 도착이었다.

나는 그 말이 싫었다. 왠지 나를 속이는 것 같아서. 정말 다 온 게 아니었다면 3분이라도 더 잤을 텐데. 뭐하나 이득인 게 없다고 느껴져서. 그래서 어느 시점부터는 얼마나 남았냐는 질문에 대한 답이 오기 전, 선수를 친다. '거의 다 왔다고 하지 말고 정확히 말해줄래?'

타지 생활을 하다 일이 뜻대로 되지 않을 때, 그 말이 정말 많이 생각났다. '거의 다 왔어.' 막연하게 느껴져서 싫기만 했던 말. 좀 더 자세히 말해줬으면 했던 말이, 지금은 어느 문장보다 간절하다. 엄마의 거의 다 왔다는 말은, 나를 속이려 한 말이었다기보다는 내가 지칠까 봐 하는 걱정이 아니었을까? 조금만 버티면 도착하니까, 힘들어도 잘 참아내자는 말이 아니었을까?

힘들 때, 외로울 때, 세상 모든 아픔이 나에게만 향한 것 같을 때, '나 잘 가고 있는 거 맞아? 얼마나 남았어. 얼마나 더 가야 해.' 말하면 '그 길 맞아. 거의 다 왔어. 이제 일어나 곧 나가야지.' 알려줄 사람이 있으면 좋겠다고 생각한다. 그럴 때마다 아빠 차 뒷자리에 누워 목적지도 모른 채 잠에서 깨던 모든 날의 추억을 꺼낸다.

조금만 참아. 곧 도착할 거야.

4장

우리 모두 좋은 날

## 편지 습관

좋아하는 사람들에게 편지 쓸 때 꼭 붙이는 버릇이 있다. 마지막에 쓰는 내 이름에 공을 들이는 거다. '여름이가'는 왠지 정 없고 싫증 나서. 지금 내 마음을 앞에 붙인다. 예를 들면 '널 사랑하는 여름이가', '아무리 다퉈도 네가 미울 일은 없는 여름이가.', '다음 주 놀이공원 갈 생각에 설레는 여름이가.'

편지를 쓰는 내가 지금 당신에게 어떤 마음을 가졌는지. 어떤 존재가 되어주고 싶은지 적으면 신기하게 그 마음이 전달되어 힘이 되나 보다. 일주일에 두 번씩 손 편지를 써주던 어떤 사람이 있었다. 가끔 나도 답장을 주었는데, 편지를 꺼내면 그 사람의 눈은 가장 밑으로 먼저 갔다. 오늘

저 말 너무 좋아, 여름이의 마음이야? 하며 행복해하고 그 시간을 기다리던 사람.

나에게 편지를 받은 사람들아. 더 이상 편지 주고받지 못할 사이가 된다면, 그리고 이미 그사이가 되었다면, 보내는 사람 칸은 편지를 쓸 때 내가 가장 공들인 부분이었다는 거 알아줬으면 좋겠다. 나는 그 몇 자를 위해 한 시간을 고민하는 사람이었다. 매번 다르게 적는 것을 당신들이 알아줄 때 행복한 사람이었다. 마지막 줄을 쓸 때 가장 신중한 사람이었다. 그리고 그건 모두 당신들을 너무 사랑해서였다.

# 사랑이 불어오는 곳

불현듯 누군가의 얼굴이 떠올라
기분이 좋아진다

그 사람은 웃음이 예쁘니
떠올리면 더 보고 싶어질 수밖에 없다

또 어디서부터 시작되었나

기억만으로
살아지게 하는 것들


사랑했던 것의 수명은 보통 짧았다. 끝없는 사랑을 주다 먼저 떠나 버리는 반려동물, 운이 좋은 날에만 겨우 만날 수 있는 은하수, 하늘을 빨갛게 물들이는 그림 같은 일몰처럼. 두고두고 꺼내 보고 싶은데 마음대로 할 수 없는 것들이 있다.

은하수나 노을처럼 기다리면 또 만날 수 있는 풍경은 차라리 낫지만 절대 돌아올 일 없는 것들은 나를 아프게 한다. 예쁘다 해주던 사람들, 언젠가 길에서 만나 날 따라오던 새끼 고양이 세 마리, 무지개다리를 건넌 나의 첫 번째 강아지 동생 못난이, 이른 나이에 세상을 떠난 동료 작가님이 그랬다.

종종 생각날 때 힘들다. 더 많은 시간을 보내지 못해 아쉽고 미안한 마음에 힘들다. 분명 나에게 주어진 시간과 거리에서 최선의 노력을 했을 테지만, 내가 그러지 않았을 리 없지만, 사랑이기에 아쉬움이 남는다. 주었어도, 주었어도 아쉬움이 남는다. 더 예쁘고 씩씩해졌다며 자랑하고 싶은데 왜 당신들은 떠나고 없을까 싶어 또 서운해진다.

잘 지내시죠?
나 보고 싶죠?

그러나 그것대로 의미가 있겠지. 어쩌면 아쉬워서 더 아름답게 느껴지겠지. 그 여운에 이리 오래 추억할 수 있는 거겠지. 보고 싶을 때마다 더 잘 살게 되잖아.

좋았던 기억만으로 살아지게 하는 것들이 있다.
그런 그리움이라면, 괜찮겠다.

## 내 편

내 편이 있으면 좋다

세상 모든 장면이 시험처럼 느껴지다가도
부딪혀볼 만하겠다는 용기가 생기니까

가끔 잘 몰라서 실수해도
내가 나를 의심하는 일은 없게 하니까

그런 사람 한 명만 있어도
언제까지고 잘 살 수 있을 것만 같다

## 인생 버스

밤에 타는 프리미엄 버스를 진짜 좋아해요. 오래 걸려서 딱 명절에만 이용하지만요.

긴 거리를 달리다 보면 급히 화장실에 가고 싶다는 사람이 생겨요. 그래서 좌석마다 있는 모니터에는 화장실 탭이 있어요. 그걸 누르거나 기사님께 직접 말하면 근처 휴게소를 찾아 내려 주십니다. 예정에 없는 일에 도착 시간이 몇 분 늘더라도 뭐라 하는 사람이 없어요. 사람이 그럴 수 있으니까. 다들 잠을 자거나 핸드폰을 보면서 기다리는 거예요. 내린 승객이 돌아오면 버스는 다시 출발하죠.

삶은 달라요. 나를 기다려 주지 않습니다. 버튼을 누른
다고 누군가가 쉴 곳을 찾아 주지도 않고요. 나 때문에 잠
시 멈춰야 한다면 가족과 가까운 친구를 제외 하고는 거의
모두가 반대를 하지 않을까 싶어요. 어쩌면 친구도 반대할
수 있겠네요. 나를 사랑하는 사람과 사랑하지 않는 사람들
이 옥신각신하다 큰 싸움이 일어날 지도 모르겠습니다.

내 슬픔에 세상이 운행을 중단한 적은 없었고 앞으로도
그럴 일은 없습니다. 죽도록 힘든 나를 조금도 기다려 주
지 않는 삶이 원망스러울 때마다 헤맬 거고, 하차하고 싶
기도 할 거예요.

아무리 가까운 사이라 해도 더는 의지하기 미안할 때가
있을 겁니다. 정말 혼자인 기분이 들어 쓸쓸한 날도 올 겁
니다.

그럴 때 인생 절대 만만하지 않음을 실감합니다.

이 영화의 배경이 고요한 고속버스로 바뀌면 좋겠다는
괜한 기대를 품어도 봅니다.

## 기약 없는 약속

"다음에 꼭 하자."

나와 이런 말을 한 사람 중 정말 다음에 그걸 하게 된 사람은 거의 없다. 정말 시간이 되었을 때 하기로 한 것들의 기한이 끝나버려서, 바쁜 탓에 만남을 미루다 안부 인사조차 어색해져서, 그렇게 사랑한다고 해놓고 나를 떠나버려서, 또 어떤 사람은 문득 세상을 떠나버려서.

다음에라는 말이 싫다. 꼭 마지막 인사인 것 같아서. 오늘 이후로 정말 말도 안 되게 우리가 만날 일 없어지면 어떡하지 싶어서. 그럴 일 없겠지만 그래도 그러면 어쩌지 싶어서.

　다음에 말고 언제 할지 정하고 싶다. 그리고 그때까지는 꼭 잘 지내고 싶다. 건강하게, 사이좋게 지내고 싶다. 이제는 미루고 싶지 않다. 다음에 하자의 다음이 사라질 때마다 남겨져 우는 것은 이제 싫으니까. 다음 말고 그냥 하자. 바쁘다고 미루지 말자.

일출을 봤다면
달라졌을까


새해 소원을 빌러 정동진에 갔지만
차 안에서 깜빡 잠이 들어 해가 뜬 후에야 깼다


이미 밝아진 하늘에라도 소원을 빌고
그래도 우린 정동진 일출을 본 거라며
서로를 안아주었다


하지만 봄이 왔을 때 너는 떠났다

그날 일출을 놓쳐서일까

잠들지 않고 제대로 소원을 빌었다면

우리는 달라졌을까


주고받은 약속이 많아서인지

너와의 이별이 가장 잔인했다

사랑해서 아픈

앞으로 가는 동안에도
서로의 예쁜 모습 놓치기 싫다며
마주 보며 옆으로 걷던 우리가
세상에서 가장 먼 사이가 됐다

약속 하나 하자고
우리 다시 볼 일 없는 거라고

사랑해서 못 보게 된 거다

사랑해서 다시 만날 수 없게 됐다


사랑 직전에 멈췄다면

보지 않았을 서로의 가장 밑바닥

## 그럴 줄 알았다면

"아, 2, 3번 중에 고민하다가 2번 골랐는데 3번이었어. 조금만 더 생각할걸. 억울하다."

시험이 끝난 후 꼭 누군가는 아쉬움의 말을 모두가 들을 수 있게 뱉는다. 이런 얘기를 듣게 되는 일은 교복을 입을 때든 대학생이 되어서든 같았다. 속상하겠다, 아깝네, 다음에는 좀 더 생각하고 골라라, 이런 말을 건네던 예전과 다르게 요즘은 의문이 든다. 그게 정말 아까운 일일까?

나도 그랬다. 아닌 것을 골라야 하는 문제를 풀 때 마음이 급해 잘 읽지 못해서 가장 먼저 보이는 옳은 선지를 골랐다. 친구와의 약속에 늦은 상황에서 왼쪽 길의 입구가 더 가까워 냅다 달렸지만 아무리 뛰어도 끝이 보이지 않았고 겨우 장소에 도착한 후 보니 그 길은 구불구불 세 배는 느리게 도착할 동선이었다. 4년간 날 좋아해 줬던 사람의 마음을 외면하다 뒤늦게 빠졌지만 그 사람의 외국 유학이 일주일 남았기에 만날 수 없었고 큰돈이 들어올 기회가 이상하게 많았지만 쉼 없이 연애를 한 탓에 한 푼도 모으지 못했다.

그러나 명확히 말하자면 나는 결국 '아닌 것을 고르시오' 문제에서 아니지 않은 것을 고른 거다. 더 쉽게 갈 길이라 생각해서 시작점이 가까운 왼쪽 골목을 선택했고 좋아하던 사람과 잘 되지 못한 것은 타이밍보단 서로의 마음이 거기까지였기 때문일 거다. 돈을 모으지 못한 건 끊임없이 한 연애 때문이 아니라 내가 내 미래보단 언젠가는 나를 떠날 유한한 어떤 것을 선택했기 때문이다.

욕심을 덜어낸다. 세상엔 많은 사람이 있고 너무 많은 선택의 순간이 있어서, 모두 내 것일 수는 없는 거다. 나와 맞지 않는 일도 있는 거다. 하지만 그만큼 잘 해낼 일도 있으니 그런 일이 올 때 잘 잡을 수 있게 준비하면 된다. 후회에 쓰는 시간이 가장 아깝다.

나는 왜 그 꿈을 포기했을까? 나는 왜 그 일에 좀 더 간절하지 못했을까? 나는 왜 좋은 사람을 두고 하필 그 사람을 만났을까? 나는 왜 그때 헤어지지 못했을까? 묻는다면 몰라서, 그때의 우리에겐 그게 제일 나은 선택이어서 그랬던 거라고 생각하자. '그럴 줄 알았다면'이라는 말은 소용없다. 그땐 그게 최선이었을 테니까. 다른 선택을 했어도 후회는 있을 테니까. 괜찮다. 그럴 줄 몰랐던 거다. 다음엔 더 나은 선택을 하면 된다. 그러면 된다.

그래서 아팠나 보다

힘든 일이 오더라도

너무 무너지기만 하진 말자

더 좋은 일이 오려고 그러나 보다

그래서 아픈가 보다 생각하자

## 간식 시간

수업 중 앞문이 열리며 배달 기사님과 친구의 부모님이 들어오실 때마다 우리는 소리를 지르곤 했다. 간식 시간 이라는 뜻이었으니까. 학교 다닐 땐 학급에 간식을 돌리는 문화가 있었다. 매일 비슷한 급식을 먹는 우리에게 간식시간은 가장 큰 행복이었다. 그렇게 소리를 지르며 먹기 바쁜 친구들 사이에서 나는 늘 간식을 조용히 가방에 넣는 아이였다.

"이거 하나 더 가져가. 마음이 너무 예뻐서 그래."

4학년 때 담임선생님은 간식이 여유 있게 오는 날엔 늘 나를 부르셨다. 이미 챙긴 간식은 내 말대로 가족들과 먹고 지금은 이걸 먹으라고. 다들 먹을 때 먹고 싶을 텐데도 가족부터 생각하는 게 기특하다며 꾸준히 챙겨주셨다. 감사하다는 말을 전한 후 자리에 앉아 새로 받은 간식을 먹은 날도 있었고, 그마저도 가방에 넣어 집에 가지고 간 적도 많다. 맛있는 게 생기면 혼자 먹는 것보다 가족들과 나누고 싶어서 그랬다.

집에 가서 오늘 저녁은 치킨을 시켜달라 말했어도 됐다. 엄마에게 이번 주말엔 햄버거를 먹고 싶다고 했어도 사주셨을 거다. 하지만 나에겐 교실에서만 먹을 수 있던 하나뿐인 간식을 집에 가져간다는 것이 일종의 특별한 사랑이었다. 매번 똑같은 우유와 급식을 먹다 가끔 들어오는 간식은 특별하니까. 좋아하는 친구의 가족이 보내주신 선물이라 더 특별하니까. 그렇게 특별한 것이라면 무조건 소중한 사람과 함께하고 싶었으니까.

그렇게 간식을 챙겨가는 날이면 발걸음이 가벼웠다. 엄마, 오늘은 이거 받았어. 이따 아빠랑 언니까지 오면 같이 먹을래. 그렇게 말하곤 화장실과 방을 오가며 흘깃흘깃 간식을 쳐다보지만, 겨우겨우 잘 참았다. 언니가 집에 오고 아빠까지 퇴근하면 그때 나눠 먹었다. 어느 순간부터는 간식이 들어오면 맛있겠단 생각보다 가족들의 얼굴이 먼저 떠올랐다.

생각해보면 난 학생이라 그렇게 많은 돈이 없을 때도, 별문제가 없는 이상 꼭 가족들의 선물을 샀다. 수련회나 수학여행 때, 친구들과 노는 데 문제가 없게 용돈을 챙겨 주시면 그 돈을 아껴 가족의 선물을 사는 거다. 성인이 되어 다른 지역으로 여행을 갈 때도 그랬다. 제주도에 갔을 땐 술과 간식거리, 포항에 갔을 땐 아빠가 좋아하는 과메기, 동해에 갔을 땐 엄마가 좋아할 동해 기정떡을 사 갔다. 함께 가지 못하는 게 아쉬워서. 여행 계획을 세울 때부터 가족을 위한 선물을 살 곳부터 찾는 건 이제 습관이 됐다.

나에게도 충분하지 않은 것을 나누고 싶다는 말은 사랑을 말하는 가장 근사한 방법 중 하나다. 어디에서든 구할 수 있는 것이라도 지금의 나에겐 하나뿐인 것을 선물하는 게 좋다. 그런 것들을 나누면 왠지 나에게 특별한 사람이라는 인증 배지를 주는 것 같은 기분이 든다. 당신들이라면 나 좋아하는 것도 참을 줄 알고 어느 욕심도 없다고 고백하는 것만 같다.

앞으로도 좋은 것, 그리 좋지 않아도 나에게 특별하다면 정말 사랑하는 사람 먼저 떠올리고 싶다. 덜어내고 나누는 것으로 마음을 표현하고 싶다. 그게 나의 사랑일 것이다.

## 좋은 사람

누가 미워질 것 같던 밤마다 학교 언덕에 올라 별을 봤던 기억이 있다. 맨 꼭대기에 있는 기숙사 앞 그네를 설렁설렁 타며 노래를 듣다 보면 어지간한 것들은 용서가 되곤 했다. 그러고 나면 꽤 후련해서 내 마음도 괜찮아졌다고 생각했다. 아프지 않다고 착각하며 살았다.

잘 용서하는 사람이 좋은 사람이라 생각하던 때가 있었다. 미운 마음이 들기 시작하면 손목을 꽉 잡아 쥔다고 그러면 못된 마음이 조금 참아진다는 글을 쓴 적도 있다. 자잘한 일은 이해할 줄 아는 게 어른이라는 말과 함께.

그런데 나는 왜 좋은 어른을 '아파도 되는 사람'으로 정의했던 거지?

이십 대 초중반의 목표는 더 나은 사람이 되는 것이었다. 스무 살 때 잘 몰라서 하던 실수를 어떻게든 다 고치고 싶어서. 평판 좋은 사람이 되어야겠다는 생각에 조금 손해를 보더라도 나를 희생했다. 결국 그때의 나보다 지금의 내가 더 많은 사랑을 받고 꿈에도 가까워졌지만 이상하게 마음은 더 아팠다. 용서하지 않아도 될 일은 있었다.

그 많은 것을 꾸역꾸역 삼켜내고 나니 조금 아픈 것 같았다. 좋은 사람이 되고 싶다는 욕심에 나를 지키지 못한 순간은 없었나. 사랑하는 사람의 마지막 모습 나쁘게 만들고 싶지 않아서 내가 너무 울지는 않았나. 상처 주고 싶지 않다는 이유에서 나의 고통을 방관한 적도 있었지 않나. 나는 사실 나에게만 아주 나쁜 사람이 아니었나.

물론 어떤 미움과 탈은 더 열심히 살아갈 동력이 된다는 장점은 있었다. 아픈 게 억울해서라도 잘 해내고 싶어서 멈추지 않고 나아갔더니 더는 너무 크게 흔들리지 않는 사람은 됐다. 하지만 더 이상 이 힘을 즐기고 싶지 않다. 성장을 위한 아픔은 여기서 끝내기로 한다.

실수가 일으킨 상처라면 용서하겠지만, 악의를 품고 던진 말은 이제 다시 용서하지 않겠다고 다짐한다. '홧김에'라는 말도 더 이상 내 마음을 무르게 하지 못한다. 그냥 그런 말인 거고, 그런 마음을 한 번 이상은 품었던 거고, 슬픈 내 눈을 보고도 멈추지 않았던 거고, 제때 해도 아팠을 사과를 그마저도 한참 지나 하거나 평생 하지 않았던 거다.

좋은 사람은 착한 사람이 아니다. 정말 좋은 사람은 누구도 아프게 하지 않는 사람이다. 나 편해지자고 남에게 상처 줘서도 안 되지만, 남을 위해 나를 울려서도 안 된다. 몇 번의 성장통을 겪으며 적절히 마음을 배분하는 것, 그러다 아주 가끔은 나를 더 챙겨도 괜찮은 것, 그게 정말 좋은 사람인 것 같다. 나는 그렇게 느꼈다.

시간

당신이 아니면
다신 사랑할 수 없을 거라던 나는
지금 다른 사람의 어깨에 기대어
더 큰 사랑을 느끼고 있다는 게

## 그럴 이유

잘 해낼 수 없을 것 같은 일에도 설레는 마음에 뛰어들기부터 했던 예전과는 다르게 요즘은 슬슬 겁이라는 걸 내기 시작했다. 너답지 않다는 말 화끈하게 결정하라는 말을 들어도 좀처럼 용기가 나지 않는다. 이제는 안다. 무언가를 선택하거나 결심하는 일을 곧잘 했었는데 어떤 일 앞에서는 며칠 밤낮을 고민하게 된다는 건, 어쩌면 이 결정이 시간이 지나서 봤을 때 '하지 않는 게 나았겠다' 하고 후회할 만한 결정이라는 걸 내 직감이 알고 있다는 뜻일 수도 있다. 또 하고 싶은 대로만 했다가 내가 많이 울까 봐, 마음 한구석의 나쁜 기억들이 나를 잡아주고 있는 것일 수도 있다. 어떤 일을 앞두고 하면 좋을 이유보다 해서 외롭

고 슬퍼질 이유가 많이 떠오른다면 가끔은 기다려보자. 그
일, 좋지만 아직은 내 일이 아니기 때문일 거다.

하고 싶은 거 하며
사는 인생

어떤 결과에도 늘 웃고 있으니 선택의 기준에 관해 묻는
사람들이 많다. 사실 명확한 답을 주지 못하겠는 게 난 정
말 순간 드는 내 느낌을 믿는다. 그래서 하고 싶은 일과 해
야 하는 일에 대해 깊이 생각해 본 적이 없다. 끌리는 대로
만 결정해 나가기 바빴던 것 같다.

그래도 조언해야 한다면 어떤 말이 좋을까.

'해야 하는 일을 하세요'라고 하기엔 난 너무나 좋아하는
것만 하는 사람이라 조심스럽다. 나는 낭만을 좇으면서 남
의 꿈은 그리 의미 있게 생각해 주지 않는 느낌이 드니까.

'하고 싶은 일을 하세요'라고 하는 것에도 안 좋은 점은 있다. 그 사람의 현실적인 상황이 어떤지 모르니까. 뜬구름 잡는 조언이 될 수 있는 거다.

그냥 내 선택 기준만 말하자면, 무조건 '하고 싶은 일'이다. 그 일을 선택함으로써 말도 안 되는 손해가 생기는 게 아니라면, 내가 기분 좋게 진행할 수 있는 일이 맞는지가 가장 중요한 것 같다. 내가 그 일을 사랑해야 욕심이 생기니까. 믿는 만큼 운도 따른다고 생각해서.

그리고 아무리 고민되는 일이라도 남에게 선택을 맡기지 않는다는 규칙도 가지고 있다. 물론 아주 답답할 때 조언을 구하는 정도는 하나, 결정을 미루지 않는 거다. 내 결정에 영향이 될 만큼의 조언은 별로 듣고 싶어 하지 않는다. 그래서 늘 이 말을 붙인다. 미리 말하는데 내 생각이 너무 틀렸다고는 하지 마. 하고 싶은 대로 할 거니까.

오롯이 내가 고민하고 결정해 나가고 싶다.

다만 그 일이 긴 시간을 잡아먹는 것에 비해 진전이 없다면, 오히려 손해만 가져온다면 모든 것을 잃기 전에 그만둘 마음은 가지고 나서는 것도 잘하는 편이다(사랑 앞에서는 예외지만). 현실도 무시할 수 없으니까. 그러니 이런 점까지 고려해서 조금 단단해졌을 때 도전하는 것을 추천한다. 혹시나 잘 안되었을 때 '그러지 말걸' 하는 일이 적게끔.

종교를 믿지 않는 내 생각대로라면, 우리는 한 번의 인생밖에 살지 못한다. 그렇다면 만나게 될 현실 또한 한 번뿐인데 어쩔 수 없이, 현실에 순응해 욕심을 포기하며 사는 건 나같이 꿈 많은 사람에게 너무 슬프다.

그러니까 한 번쯤은 그 느낌을 믿어 보는 게 어떨까? 심장이 뛴다면 사랑일 테니까. 늦었다고 생각하겠지만 몇 년 후 내가 돌아본 지금은 너무 젊고 창창한 나이일 테니까. 좋아하는 일에 하는 도전에는 이르고 늦음이 없다. 하고 싶다는 생각이 들 때 뛰어들면 그게 가장 좋은 타이밍인 거다. 그리고 난 그런 감을 따르는 내가 좋다.

지나가요

 

힘든 일이 올 때마다 이번 일은 정말 이겨낼 자신이 없다며 걱정했지만, 지금은 정확히 어떤 일을 계기로 괜찮아졌었는지 기억조차 안 난다. 그렇다면 난 이번 일 역시 훗날 기억도 못 할 정도로 쉽게, 잘 이겨낼 수 있단 말이겠구나. 이것도 지나가겠구나.

## 감정의 시발점

인식하지 못한 무언가를 말로 뱉어내는 순간부터 삶은 크게 달라진다. '권태기일까' '나 저 사람 불편해' '사랑이 시작됐나?' 감정은 그때부터 커졌다.

권태를 눈치채고도 모른 척 지낼 때 덜 위태로웠고 어떤 사람의 행동이 거슬려도 아닌 척, 얼마간 안 보면 아무 생각 없어졌다. 친구에게 '나 저 사람 좋아하나?' 털어놓는 날부터 미친 듯이 신경이 쓰이기 시작했다. 뱉고 나면 본격 시작인 거다. 이게 좋을 때도 있고 나쁠 때도 있다.

어 그렇다면?

잘 쓰면 괜찮은 기능이 되지 않을까?

굳은살


손으로 글을 쓰는 일이 많다 보니
오른손 중지에는 늘 굳은살이 있다


손이 부드러운 애들이 부럽다가도
펜을 못 잡는다고 생각하니 싫다


내 오른손 중지
기타를 연주하는 이의 손끝
인생의 전부가 축구였다는 선수의 발
밭일하는 할머니 손

굳은살 있는 사람이

멋져 보이기 시작했다


이유 있는 굳은살

열심이었다는 증거

## 게으름

방 청소하는 데 하루가 걸렸지만
어젠 몸이 피곤해서 옷을 아무 데나 벗었다
내일 치워야지
내일 치워야지
그렇게 며칠 미루니
또 몇 시간은 걸리게 어질러져 있다

발을 다쳐 걷기 힘들었지만
왠지 병원에 갈 만큼은 아닌 것 같아 넘겼다
나아지겠지
나아지겠지

아무리 조심해도 매일 걸으니

발이 빨갛게 부어오르고 아프다


제때 치우지 않으면 너무 오랜 시간이 걸리는 것들

제때 치료하지 않으면 더 크게 금 가버리는 것들


그때가 와야 후회하는 것들

## 후회되는 행동을 했다면

1. 외면하는 대신 어떤 선택이 문제였는지 생각한다.

2. 다음부터 그러지 않으면 된다.

3. 혹시 그게 다른 사람에게 상처를 준 일이라면 바로 사과한다.

## 혹시나 하는 마음에

사랑과 이별, 상처, 꿈 같이 내가 열정을 품길 원하는 것에는 늘 마지막까지 걸음을 떼지 않았다. 하지만 먼발치서보니 슬프다. 그때 나는 오랜 시간을 불편함이나 슬픔 같은 감정에 죽어갔을 테니까.

지금 손에 쥐느라 피가 나는 것들, 우리를 아프게 하는 것들, 알면서도 놓는 게 참 힘들다. 어쩌면 내 작은 손이 그 뾰족한 것을 이길 수 있을지 모르니까. 내가 쥔 조각이니까. 내가 시작했으니까. 자꾸만 하루만 더, 하루만 더 하게 된다.

삼 년 후의 나와 만나고 싶다. 그럴 수만 있다면 그 애를 붙잡고 질문해야지. '나 여기서 어떻게 하는 게 맞아?' 버텨야 할지 버텨도 소용없을지, 이 길이 맞을지 아니면 더 좋은 길이 있을지, 혹시 잘못 가고 있다면 알려 달라 고집부리고 싶다.

혹시 정말 아무것도 아닌 일 때문에 내가 많이 울고 있는 거라면 내가 멈출 수 있게 도와 달라고 하고 싶다. 그 일 네 일이 아니야. 그 사람 네 것이 아니야. 하며 안아줬으면 좋겠다. 오늘 밤 내 꿈에 나타나 알려줬으면 좋겠다.

그렇게 별일이던 것도 지나고 보면 별일 아니었고, 없으면 죽을 것 같던 것들도 떠나보내고 나니 후련했다. 지금 조금 힘든 일도 시간이 흐르면 아무것도 아닐 것을 너무 잘 안다.

다들 알지?
그래도 놓는 게 어려운 거지?

경험 소비 기한

　교복 입을 나이에 인사도 잘하고 결석 한번 없었지만 선생님께 많이 혼났다. 수업 시간에 떠들다 복도에서 벌도 받아 봤고 야자를 째고 친구들과 놀다 꾸중을 듣기도 했다. 대학 다닐 동안 CC 하지 말라는 말 많이 들었지만 난 그걸 여섯 번이나 했다. 그중엔 과 CC도 두 번이나 있었다. 한 사람이 떠나갈 때 이틀 밤을 집 앞에서 기다려도 보고 이별 후 일주일간 물 한 모금 마시지 않은 적도 있다. 원고 작업이 잘 된다며 사흘 동안 한숨도 자지 않고 한 자리를 지킨 것도 기억나고 피시방에 처음 갔다 게임에 욕심이 나서 이틀 동안 죽치고 있던 적도 있다.

애네의 공통점은 그때가 아니면 할 수 없는 것들이라는 거다. 술·담배 말고, 그냥 이렇게 떠들고 야자를 째다 선생님께 혼나보는 일. 대학 때만 할 수 있던 CC를 원 없이 해본 일. 뜨겁게 사랑하던 누군가를 동네방네 자랑하는 일. 평생 관심도 없던 게임에 아주 잠깐 미쳐보는 일.

또 그랬다. 어릴 때 내 방엔 기역 모양의 책상이 있었다. 비좁은 곳을 좋아하는 나는 책상 밑에 이불을 깔고 눕는 것을 좋아했는데 거긴 다리를 쭉 뻗어도 늘 약간의 공간이 남았다. 나는 그 여백이 불편했다. 5센티만 더 자라면 채울 수 있을 것 같아서. 하지만 키가 자라는 것을 기다리는 동안 책상 밑 공간에 대한 흥미는 예전 같지 않아졌고, 고등학생이 되고 대학생이 되기까지도 나는 그 밑을 찾지 않았다. 지금은 너무 자라서 들어갈 수 없게 됐다. 이럴 줄 알았으면 그때라도 원 없이 가서 낮잠 잘 걸. 그렇게 좋아하던 공간이었는데.

하기 전엔 늘 고민하는 나지만 '지금이 아니면 언제 해.' 싶어 냅다 뛰어든다. 지금만 가능한 일이라면 최선을 다해 보고 싶다. 나중엔 하고 싶어도 현실적인 문제로 하지 못할 수 있으니까. 기회조차 오지 않을 수 있으니까. 키가 너무 자라버려서 책상 밑에 들어가지 못했을 때 그게 뭐라고 나는 울었으니까.

그리고 그때 마주하는 어려움은 실패라 말하고 싶지 않다. 하고 싶어서 경험한 일들, 하지만 잘되지 않은 일들일 뿐. 그쯤으로 생각하고 싶다.

## 맥주 한 캔

아빠는 일 끝나고 집에 오면 늘 간단한 안주에 술을 마셨다. 엄마는 아빠가 술을 좋아하는 것을 달가워하지 않으셨기에 술 마시는 아빠의 모습은 나에게도 자동으로 싫은 점이 됐다.

친한 친구 중 한 명도 하루의 끝에 늘 술을 마신다. 누군가와 같이 마시기도 하지만, 보통은 잠들기 전 한 잔 정도 하는 게 좋다며 혼자 마신다. 집에 가는 길 소주 한 병이나 맥주 몇 캔을 사가는 걸 나는 이해할 수 없었다. 매일 술을 마신다고?

한 달쯤 됐나. 요즘 나는 잠들기 전 맥주를 한 캔씩 마신다. 잠이 잘 안 와서 마시기 시작했다. 술을 못 먹는 나는 맥주 한 캔에도 까무룩 잠들어버린다. 목에 꽉 차는 탄산이 내려가고 나면 이상하게 그날은 조금 힘들던 것 같고 오늘의 나는 겨우 맥주 한 캔으로도 그걸 잘 이겨낸 사람이 된 것만 같다.

이제야 조금 알 것 같다.
왜 그렇게들 하루의 끝에 한 잔씩을 했을지.
이 기분이 나쁘진 않다.

오늘의 힘듦을 잘 마무리한다.
그러니 내일도 잘 살아낼 수 있을 것이다.

## 우리 모두 좋은 날

정류장에서 버스를 기다리는데 옆자리에 아주머니 한 분이 앉으며 이렇게 말씀하셨다. "좋을 때다." 바로 뒤에서 양손 가득 짐을 들고 오신 할머니가 또 그 옆에 앉으시더니 "자네도 좋을 때여!" 가만히만 있을 수 없는 나도 할머니에게 이렇게 말씀드렸다. "할머니도요." 세 사람 모두가 기분 좋게 웃었다.

이 글을 읽는 당신이 누구든, 지금이 가장 좋을 때라고 말해주고 싶다. 지금 도전해야 가장 높이 뛸 수 있을지 모르고, 지금 고백해야 행복할지 모르고, 지금 활짝 웃는 게 가장 예쁜 모습일 수 있다. 그러니 늦었다 생각하지 마시기를. 누군가는 가슴 시리게 아쉬울 우리의 오늘임을 잊지 마시기를.

혼자 울지 마

가족과 근교로 드라이브를 간 날이었다. 길게 뻗은 널찍한 다리에서 반려견인 봉남이를 산책시키고 있었는데, 가운데쯤 누가 혼자 앉아 있는 것 같았다. 걱정됐다. 슬프지 않다면 앉아 있을 이유가 없을 만큼 추운 겨울이었으니까. 괜히 주변을 맴돌다 티가 날까 멀어지기를 반복했다.

"편의점 가자. 따뜻한 거 사 오자."라고 하자 가족들은 분주히 차에 탄다. 아무도 질문하지 않고 당연하게 마트에 가 핫초코와 핫팩을 전해줄 준비까지 끝낸다. 우리 가족 중에도 아빠와 내가 그런 것을 보고 지나치지 못하는 성격이기에, 엄마와 언니는 뒤에 있고 우리 둘은 그 친구에게

다가갔다.

먼저 앉은 내가 핫초코와 핫팩을 건넨다. 춥겠다. 왜 혼
자 있어요. 그러자 슬픈 눈으로 나를 보는 아이. 우는 것
같아서 마음이 아팠다는 말과 함께 이런저런 부담이 되지
않도록 가만히 옆에 있었다. 훌쩍, 훌쩍 소리만 들렸다. 3
분 정도 기다리다 늦게 온 아빠는 나보다 다정하게 그 친
구에게 말을 걸기 시작하셨다. 아빠의 마지막 말이 기억에
남는다.

"추운데 이제 집에 데려다줄게. 옆에 있는 저 언니도 예
전에 아주 힘들었어. 아저씨도 잘은 모르지만 언니가 마음
이 아주 아팠어. 그래서 힘든 게 있으면 언니한테 말해도
도움 될 거야. 아파 봐서. 언니가 또 글을 써서 사람들을
위로하는 사람이거든."

그 말에 나도 잠깐 울컥. 시간이 조금 지나 아이는 일어
났고 이제 집에 갈 수 있겠다고 했다. 집 근처까지라도 태
워다 주고 싶다고 했지만 너무도 혼자 가길 원해서 보냈고

그 후 몇 개월은 가끔 잘 지내길 바라며 내 일상에 충실하는 것밖엔 할 수 있는 게 없었다. 그러다 어느 날 인스타그램 메시지 요청에 이런 글자들이 나타났다.

"기억하실지 잘 모르겠지만 추운 겨울에 혼자 다리 벤치에 앉아 있었는데 먼저 저에게 다가오셔서 따뜻한 핫팩과 핫초코를 주신 게 아직도 너무 생생하게 기억나서 연락해요. 그때 너무 감사했어요. 엄청 힘들었던 시기였는데 덕분에 마음도 한결 편해지고 힘든 거 툴툴 털고 다시 일어나서 지금까지 잘 지내고 있어요. 힘들 때마다 저에게 먼저 손 내밀어 주셨던 기억으로 좋은 날 좋은 시간을 보내고 있어요. 인연 절대 잊지 않을게요. 감사합니다."

소식을 가족에게 전하자 다들 기뻐하셨다. 다행이다. 다행이다. 우리 가족다웠다. 그날 마침 산책하러 간 곳이 거기라 다행이었다. 남의 아픔에 신경 쓸 수 있을 만큼 내 마음이 힘들지 않을 때라 다행이었다. 잊지 않고 연락을 해줘서 고마웠고 그게 좋은 소식이라 더 감사했다.

한편으로는 그런 생각도 든다. 힘들었을 때, 나도 우연히 따뜻한 사람을 만났다면 삶이 조금 달라졌을까? 나도 그런 사람을 만나고 싶었는데.

벽을 눕히면 다리가 된다는 말을 들은 적이 있다. 그때 무너지는 사람들이 있고 그걸 넘어서는 사람들이 있다고. 그리고 그 차이는 '절실함'이 만든다고 포기하지 않는 사람들이 결국 그 단계를 깨어 넘고, 다음으로는 시련에 준비된 사람들이 그 다리를 넘고, 다음으로는 고통을 함께하는 사람들이 그를 넘는다고.

나는 당신에게 그와 같은 함께하는 사람이 되어 주고 싶다. 오늘 하루가 힘들었던 당신을 우연히 마주치고 싶다. 눈이 마주쳤을 때 슬퍼 보이면 안아주고 싶다. 어느 곳에도 의지할 수 없다고 느낄 때 영화 속 조력자처럼 짜잔 하고 나타나 살 이유를 만들어 주고 싶다.

'나는 매주 이 시간에 이곳을 걸으러 나오는데, 혹시 다음 주에도 볼 수 있을까요? 잘 지내다가 다음 주에도 마주

쳐요 우리. 저 앞에 연유라떼가 맛있는 카페를 내가 알거든요. 같이 먹어요.' 그렇게 자잘한 핑계로 그 사람의 일주일에 기다림과 기대를 섞어주고 싶다.

곧 어떤 일에도 무너지지 않을 다리가 될 벽이라, 이렇게 두드리는 내 몸이 아픈가 보다. 그렇게 생각하고 잘 이겨내면 어떨까. 튼튼한 다리를 만드는 과정이라 생각하면 어떨까. 그 시간은 물론 아프겠지만 말이다.

이 글을 읽는 당신이 누구든, 혼자 울 일이 없다면 좋겠다. 살면서 한 번쯤은 울다 나를 마주쳤으면 좋겠다.

## 생일 축하해

생일을 좋아합니다. 내 생일도 좋지만 내가 사랑하는 사
람들의 생일을 더 좋아합니다.

학교 선배 이야기예요. 그땐 별로 안 친했어요. 곧 생일
인데 집에 혼자 있대요. 그때 나는 본가에서 가족들과 시
간을 보내고 있었는데 마음 한구석이 불편했습니다.

결국 열 두시가 되기 전에 학교로 돌아가야 한다며 기차
를 예약하고 급하게 선물과 케이크를 주문해요. 정확히 열
한 시 오십오 분에 도착했죠. 언니를 불러 편지와 선물을
줬습니다. 손을 잡고 열 두시를 열심히 기다렸습니다. 땡!
하자마자 생일 축하 노래를 불러줬습니다.

나중에 들어보니 언니는 원래 내가 착한 척하는 사람인 줄 알았대요. 주변 사람들에게 왜 저렇게 정성일까 싶어서 연기일 거라 생각했는데 그날 편견이 깨졌다고 합니다. '얘는 진짜구나..'

진심이 아니면 할 수 없는 일이니까요.


내가 아는 작가님은 생일이 싫다고 합니다. 자세히는 모르지만 안 좋은 일이 많았대요. 나는 그때 그분 얼굴도 몰랐습니다. 책을 읽으며 알게 된 정보였죠.

저 사람의 친구가 되어 조금이라도 행복하게 해 주고 싶단 생각을 자주 했어요. 덜 친한 친구여도 좋으니 생일 단 하루만이라도 내가 축하해 주고 싶었어요. 시간이 흘러 나는 정말 그 작가님과 일을 하게 됩니다. 함께 하는 동안 계절 몇 번 바뀌니 생일을 축하할 일도 생겨요. 나의 인사 하나로 생일에 대한 데이터가 바뀔 순 없고 그날이 갑자기 특별해지지도 않겠지만 축하할 수 있다는 사실에 행복했습니다.

생일이니까요.

중학교 3학년 때 영지라는 친구가 있었습니다. 차분하고 매력이 많았는데 다른 애들은 영 안목이 없는지, 영지의 가치를 못 알아보는 것 같았습니다. 매일 혼자 있는 게 신경 쓰였습니다.

생일을 물어봤습니다. 시간이 한참 지나고 2013년도를 떠올렸을 때 조금이라도 친구와 관련된 행복한 기억이 있었으면 했습니다. 메모해 두었던 생일날 아침에 학교 앞 빵집에 가서 가장 비싼 빨간색 하트 케이크를 샀습니다. 영지 옆자리에 앉아 초를 켜고 생일 축하 노래를 불러줬습니다.

내가 이런 축하를 했다는 것을 잊고 있었는데 작년에 꺼낸 롤링 페이퍼에서 보고 알았습니다. 그 애에게 특별했나 봐요. 아마 그 후로 보낸 몇 해의 생일에는 내 생각도 하지 않았을까 싶습니다. (이 책이 더 사랑받아서 너에게까지 닿으면 좋겠다. 잘 지내니?)


어릴 때 책에서 봤어요. 옛날에는 태어난 아기가 백일을 넘기지 못하고 죽는 일이 많았대요. 의료수준이 낮고 지금처럼 몸에 좋은 것을 극성으로 찾아 먹이지 않아서요.

그래서 백일을 무사히 보내면 삼신할머니께 감사하다는 의미로 상을 차렸는데 그게 백일잔치래요.

아무 사고 없이 백일을 잘 자라는 것이 축복이어서 잔치를 했다는 말을 들으니 생일에 대한 의미가 깊어졌습니다. 사고 없이, 혹은 사고를 이겨내고 지금까지 산다는 것은 엄청난 일이라는 것을 배운 거예요. 우리는 무수한 변수를 피해 가며 여태 잘살고 있는 거구나.

그때부터 나에게 소중한 사람들의 생일은 정말 잘 살아줘서 고마운 날이 됩니다. 무사히 일 년을 보냈기에 이번 생일을 맞을 수 있는 거니까. 당신이 있음에 내가 있는 거니까.

돌려받는 선물이 부담스러워 더 주고 싶은 마음을 참은 적은 있어도 덜 준 적은 없는 날이 생일입니다. 누구의 생일이나 정성 다해 챙길 체력은 내게 없지만, 좋아하는 사람들에게만큼은 최선을 다하는 날이 바로 생일입니다.

그래서 이 글을 쓰고 있어요.

여기에 당신의 생일을 축하하는 사람이 한 명 있습니다. 이름도 얼굴도 모르지만 감히 축하해 봅니다. 당신은 내 이름을 알고 나의 얼굴도 앞에서 봤을 거예요. 책도 여기까지 읽으셨으니 제가 싫은 것은 아니시죠? 그러니 축하해도 괜찮은 사이가 맞죠?

어떤 하루를 보내고 계실지 모르겠습니다. 행복한 날이었다면 이 기억을 가슴에 품은 채 더 좋은 마음으로 살아가시면 좋겠고. 조금 아쉬웠다면 내년 생일과 그 후 맞는 모든 생일이 오늘보다는 행복하길 바라고 있겠습니다.

내년도 있지만, 일단 올해에는 단 하루뿐인 날입니다. 그러니 오늘은 걱정보다 자신을 위한 격려를 해 주시면 좋겠습니다. 부끄러운 상황이 아니라면 지금 스스로 '축하해'라는 말을 해 봐도 좋을 것 같습니다.

여기까지 오느라 정말 고생 많았습니다.

생일 축하합니다. *happy birthday to you.* 祝餘生日
快樂. *Herzlichen Glu"ckwunsch zum Geburtstag.* お
たんじょうび おめでとう. *Bon anniversaire. FELIZ
CUMPLEANO. FELICE COMPLENANNO. selamat ulang
tahun. Төрсөн өдрийн баярын мэнд хүргэе. п
оздравляю вас (тебя) с днём рождения. sook-
san-wan-kert! Feliz aniversario.*

누군가의 생일을 축하할 수 있다는 건 정말 기쁜 일입
니다.

## 당신에게

처음 글을 쓰게 된 목적은 극복이었습니다. 가장 힘들다 생각한 시기를 기록해 두고 싶었습니다. 아픈 기록이 쌓이는 것을 눈으로 보면 속상해서라도 삶에 대한 의지가 생길 것 같았습니다. 그래서 일기를 쓴 거예요. 나와 같은 마음인 사람이 세상 어딘가에 있겠다 싶어 하나씩 올렸습니다.

쓰면서 어른이 됐습니다. 쓰면서 '괜찮은 어른'이 됐습니다. 쓰지 않았다면 몰랐을 나의 잘못이 많아요. 쓰지 않았다면 어긋날 뻔했던 날이 있어요. 나를 알아보는 사람이 없다면 충동적으로 선택했을 순간도 있습니다. 어쩌면 글쓰기는 가장 필요한 순간에 잘 시작한 일인 것 같습니다.

노래를 잘 부르지 못하지만 사람을 울컥하게 하는 목소리는 가졌습니다. 화려하게 생기지 않았지만 예쁘게 웃는 법을 알고 있습니다. 지친 당신 앞에 서서 개그를 보여줄 만큼 웃긴 사람은 못 되지만 어떤 모양으로 안아줘야 당신이 더 편안해할지는 잘 알고 있습니다. 단순하고 쿨하지 못해 힘든 날이 많았지만, 머리 써서 고민했던 덕에 당신이 하는 걱정 대부분을 공감할 수 있을 겁니다.

운동신경이 없어 빠르게 달리거나 민첩하게 피하는 일은 못 하지만 오래 걷는 일은 누구보다 자신 있기에 원한다면 평생 함께 걸어줄 수도 있습니다. 당신 대신 손 들고 세상에 바락바락 따질 만큼의 억척스러움은 없지만 당신의 편이 없다고 느껴질 때 내가 따뜻하게 손 잡아줄 수 있습니다.

어떤 일과 사람이 이 책을 읽게 만들었는지는 모르겠습니다. 원래 저를 좋아하셨을 수도 있고, 알고만 있었는데 책을 읽는 건 처음인 분도 계실 겁니다. 너무 싫어서 '얘 이번엔 또 무슨 글을 썼을까' 하며 읽고 계실 수도 있어요. 제목만 보고 골랐을 수도 있고 우연히 펼친 페이지가 당신이야기 같아서 지금까지 읽고 계실 수도 있겠네요.

선물할 책을 고르는 중일 수도, 누군가에게 선물 받았을 수도 있겠습니다. 심심해서, 행복해서, 행복하고 싶어서, 아파서, 힘들어서, 나아지고 싶어서일 수도 있고 버티고 싶어서 펼친 최후의 보루일지도 모르겠습니다.

이유가 뭐든 이 책이 당신에게 도움 되었으면 좋겠습니다.

이유가 뭐든 필요할 때 언제든 찾아오시라는 말해 주고 싶었습니다.

좋은 일이 오려고 그러나 보다

© 박여름 2023년
초판 1쇄 발행 • 2023년 7월 26일
    17쇄 발행 • 2024년 12월 26일


지은이 • 박여름
책임편집 • 오휘명
마케팅 • 박근호 강진석
디자인 • 유서희
펴낸곳 • 도서출판 히읏
출판등록 • 2020년 4월 28일 제 2020-000109호
제작처 • 책과 6펜스
전자우편 • heeeutbooks@naver.com

ISBN • 979-11-92559-74-2(03810)